ラブストーリーまであとどのくらい?

砂原糖子

幻冬舎ルチル文庫

CONTENTS ✦目次✦

ラブストーリーまであとどのくらい？

✦イラスト・陵クミコ

✦カバーデザイン＝久保宏夏（omochi design）
✦ブックデザイン＝まるか工房

ラブストーリーまであとどのくらい？

「いつまでここに居座るつもりなんですか？　そろそろご自分のフロアに戻ったらどうです？」

自然と口をついて出た一言に、森尾実《もりおみのる》は前にも言った言葉だとデジャブを覚えた。

デジャブ、すなわち既視感。職場のデスクで顔を起こせば、目に映るものすべてがそんな具合だ。夜九時を回ってもまるで人の減った気配のしないフロアも、忙しさの割にこの時間ともなるとだらけた空気が漂い始めるところも。昨日もおとついも一週間前にも見たような光景で、ずるっと数カ月ばかり日付をずらしたとしても、違和感を覚えないほどに同じ眺めが広がっている。

ふっ。唇からは溜《た》め息のおまけまで零《こぼ》れた。

森尾は四葉《よつば》出版第三編集部の編集部員だ。二十四歳、勤続は三年目になる。入社時の希望だった文芸を扱う第二編集部から、島流しのように飛ばされてきて約二年、女性向け情報誌『レクラン』の主にフード紹介記事を担当している。

憧れの文芸の編集部で素晴らしい作品を世に送り出しているはずが、なんの因果かデパ地下グルメだの路地裏カフェ巡りだのの取材ばかり。腐り切るのも無理はない上、編集部にも馴染《なじ》めているとは言い難い。

机一つとっても、森尾の存在は浮いている。

六つのデスクで構成された島は、まるで自分の区画だけが更地《さらち》にでもなっているかのようだ。マメに整理整頓、ひとつ仕事が終わる度に片づけねば気のすまない森尾の席は、いつも年末大掃除の後であるかのようにすっきりとしているが、他はおびただしい荷物の山で埋もれている。

向かいのデスクの男は、日に一度は森尾の机に向けて書類の雪崩《なだれ》を起こしてくるし、隣の女性編集が日々の癒しだとかいって、所狭しと積んだゆるキャラマスコット人形は、存在だけで視覚の暴力だ。何事もきっちりしたい森尾は、本来編集にも向いていないのかもしれなかった。自由な社風の象徴、ノーネクタイの私服通勤ですら、落ち着かなくて嫌なくらいなのだ。

パソコンのマウスを操作する森尾は、隣の机からコロンと転がり出てきたゆるキャラをさりげなく肘《ひじ》で押し戻す。

傍らから伸びた男の手が、ひょいと白猫もどきのそれを摘《つ》まみ上げた。

「へぇ、西山《にしやま》さんってこういうの好きなんだ」

隣の西山がすでに退社しているのをいいことに、勝手に椅子を占領しているのは、本来上階の第四編集部にいるはずの滝村《たきむら》だ。

このところ森尾のストレスを増大させている、諸悪の根源ともいうべき男である。

「滝村さん、そろそろご自分のフロアに戻ったらどうですか？」

太い黒縁のメガネ越しに森尾は軽く一睨《ひとにら》みし、先ほどと違《たが》わぬ文句を発する。

デジャブも避けられないほど、毎日のように口している言葉だ。

剣呑《けんのん》に告げたというのに、男はマスコットのしっぽを指で弄《もてあそ》びながらのうのうと応えた。

「だって俺、まだ森尾くんから返事を貰《もら》ってないもの〜。なぁ森尾、週末映画にでも行こうって。今週は休日出勤もないんだろ？　タイトルはおまえが好きなのでいいから」

映画そのものにさして興味があるとも思えない誘いは、あろうことかデートの誘いだった。

森尾は言うまでもなく男だ。かなり小柄なものの、女性と見紛《みまが》う容姿でもない。

同性なのに、仕事中なのに、なにより犬猿の仲だったはずなのに——

そう、森尾と滝村はほんの少し前まで顔を合わせれば不毛な言い争いをする仲だった。

しかも、暴言を飛ばしてくるのは大抵滝村のほう。

第四編集部で男性向けのファッション誌を担当している三つ年上の滝村は、見てくればかりを重要視するどうにもいけすかない男だ。森尾は服にはまるで興味がなく、学生時代からのパンツや母親がスーパーの衣料品コーナーで買ってきたシャツを平然と着回すようなところがあり、ややオタク系でもあるため、事あるごとに揶揄《やゆ》られていた。

そんな滝村の態度が一変したのは十日ほど前。『レクラン』の編集部員の一人が、九月末付で異動することに突然決まり、森尾がちょっと涙ぐんでしまったのがきっかけだ。

親しい間柄でなくとも、そういう『卒業』や『転勤』といった類《たぐい》のイベント……いや、別れに森尾は弱い。読書好きが影響してか、元々感受性豊かなところでもあるのか、『お別れ』

なんてキーワードにはあらゆる記憶が喚起されてしまい、ぽろりと涙を零してしまうぐらいのことはある。

そして、その涙を拭《ぬぐ》おうとそっと黒縁メガネを外したところ、たまたま居合わせた滝村に突然『惚れた』と宣言されてしまったのだ。

『メガネを外したら美人って、俺生で初めて目にしたよ』

ぽーっとなった顔でそんなことを言われ、ひざまずいて手を取らんばかりの勢いで『惚れてもいい？』と告げられた。

有り得ない。

こっちこそ、そんな馬鹿なことを言い出す人間に生まれて初めて出くわした。

森尾はべつに不細工ではない。小作りの顔はバランスがよく、普段はぶっとい黒縁メガネのインパクトで印象の薄い眸《ひとみ》も、長く伸びた睫毛《まつげ》が儚《はかな》げで美しい。いつもむすりと閉じていて愛嬌にかける唇も、あどけないところが清楚な雰囲気だ。

とはいえ、どれも男としては長所とは言い難かった。伸び悩んだまま止まってしまった身長は、子供の頃から『小さい』とからかわれてコンプレックスだったし、森尾は自身の貧弱な容姿を好きではない。だから急に嬉《うれ》しくもない言葉で持ち上げられても、くだらないと呆《あき》れるしかなかった。

最初はからかわれているのだと思った。

けれど、滝村は人を違えてしまったみたいに、あれから十日あまりずっとこんな調子である。昼の休み時間も残業時間も、口うるさい『レクラン』の女編集長、田之上《たのうえ》の目を盗むようにやってきては、今までとは百八十度違えた態度で接してくる。

男に、しかも滝村に口説《くど》かれる日が来ようとはだ。

「映画は結構です」

「ケッコウって、OKってこと？」

同じ日本人のくせして、婉曲表現はまるで通用しない。森尾はケーキ画像をトリミング中のパソコン画面を見据えながら、きっぱりと続けた。

「お断りってことです。行きません」

「ふうん、じゃあ食事だけにする？　こないだ言ってたランチの店、予約取れそうなんだよ。ミシュラン三ツ星、洋食じゃなくて和食なんて渋いだろ？　大人のデートって感じだな」

「興味ありません。行きません」

「じゃあ仕事帰りにしとくか。なんなら今日にする？　おまえ、メシまだみたいだし腹減ってるんじゃゃない？」

「ランチでもディナーでもファストフードでも行かないって何度も言ってるでしょう！　どうしてこの僕が、滝村さんと仕事の後や休みに一緒に出かけなきゃならないんですか！」

堪《たま》りかねて隣を見ると、日本語の通じない男は、判りやすく述べたにもかかわらず首を

捻《ひね》った。

「だから俺も何度も言ってるだろう？　おまえに惚れちゃったからだよ」

「またそれですか。いいかげんにしてください」

「いやぁ、俺も困ってるんだよ。こう、想いを持て余すっていうか……ホントびっくり。『メガネを外したら美人』なんて都市伝説かと思ってたのにさぁ。まさかこの俺が一目惚れなんてね。二十六年の人生で初めて知ったよ」

「よく言いますね。それ、受付の坂巻《さかまき》さんにも言ってましたよね？　『たった一目で恋に落ちるなんて、一目惚れなんて都市伝説かと思ってたよ』とかなんとか」

社内でも美人と評判の、四葉出版自慢の受付嬢。春先頃に、滝村が彼女を歯が浮いてがくがくしそうなセリフで口説いているのを見かけた。

「へぇ、森尾って俺の動向を前から気にしてくれてたんだ？」

「違います。どうしてそういう方向に行くんですか。あなたがしょっちゅう軽薄な行為を社内でやってるから、たまたま目に入っただけです」

「嘘だね。嫌よ嫌よもなんたらって昔から言うだろ？　俺のこと嫌ってるみたいな素振り見せてるけど、おまえだって本当は……」

どこまでも口の減らない男だ。

森尾は黙らせるべく、切り札とも言うべき言葉を発する。

「オタク」

「へ……？」

「忘れたとは言わせませんよ。僕のこと、そう呼んでいましたよね？」

「あ、ああ……」

「『メガネ』とも言っていました」

実際、メガネをかけている森尾だが、明らかに中傷の意味で滝村がそう呼んでいたのを忘れちゃいない。『おい、メガネ』『おう、今日もメガネか、メガネ』、自分がむっとして『メガネがなにか問題でも？』と言い返すのを楽しみに待っているかのように、しつこく声をかけてきた。

「も、森尾くん、そ、それは誤解があったというか……お互いの誤解を解くためにも、歩み寄る必要があると思うんだ。だから少しくらい時間を作って……」

ようやく滝村の反応が鈍くなり、一気に追い払おうと構えたところ、フロアに戻ってきた男の声が響いた。

「ほら、滝村〜、おまえの分も買ってきてやったぞ」

ひょいとこちらに向かって長い腕を伸ばした背の高い男は、向かいの席の編集部員、上芝《かみしば》駿一《しゅんいち》だ。

そよ風が吹いただけでも倒れそうなほど書類の積まれた机越しに差し出されたのは、缶コーヒーだった。飲みものを買いに行くと言って出て行った上芝に滝村が頼んでいたものだが、森尾はキッとなった眼差《まなざ》しでその手の行方《ゆくえ》を牽制《けんせい》する。

水滴の浮いた缶なんて、不用意な場所に置かれてはたまらない。大雑把《おおざっぱ》なところのある性格の上芝なら原稿の上にだって置きかねない。

隣から伸び上がって受け取る滝村が、のん気な声を発した。

「おい、森尾が睨んでるぞ〜、おまえなにかやったのか？」

「まさか。やってるのはおまえだろ、滝村。いいかげん、嫌がられてるのに気づけよ」

呆れた声で言って上芝は席に着く。

上芝も気が合うとは言い難い先輩社員だが、この点では珍しく意見が一致した。誰の目にも、森尾は滝村を煙《けむ》たがっている。判らない……いや、認めようとしないのは当人ぐらいだ。

「まったく……」

むっとした表情を崩さないまま森尾は机の傍らに手を伸ばし、拍子抜けするほど軽く浮いてしまった缶に、一層しかめっ面《つら》になる。

持ち上げた自分の缶コーヒーはもう空だった。

滝村のせいだ。

言いがかりではない。滝村が編集部に度々来るようになってからというもの、やたらと喉《のど》が渇《かわ》く。無駄にお喋《しゃべ》りな男に付き合わされ、普段よりも多めに会話を強《し》いられているからに違いない。

「なんだ？　空ならおまえも一緒に頼めばよかったのに。ほら、これ飲めよ。俺はそんなに飲みたいってわけでもないし」

「いえ、僕は……」

「飲めって。ジュースくらいの恩で取って食ったりしないからさぁ」

「……どうも」

うさんくさい笑みを浮かべて差し出す男の手から、森尾は缶を受け取る。プルトップを起こして一口飲むと、まるで頃合いでも計っていたかのように滝村は言った。

「取って食ったりはしないけど、そんじゃ、それ飲む間は俺の話に付き合ってもらっちゃおうかな」

調子のいい言葉に、森尾はくすりとも笑わなかった。口をつけた缶をそのまま急勾配《きゅうこうばい》に傾け、ゴクゴクと一気に喉を鳴らして飲み干す。

「……あ」

「はい、もう飲み終えました。ごちそうさまです」

言い捨てて、男の頬《ほお》を引き攣《つ》らさせた。

「うっわ、森尾くんったら可愛くねぇな」

「可愛くなくて結構です」

「しょうがないな、今日のところは引き下がってやるとするかぁ。おまえが『うん』って首を縦に振るまで俺は諦《あきら》めないけどね」

しつこい借金取りか。

ようやく立ち上がった男がフロアの出口に向けて去ろうとするのを、空になった缶を手にしたままじっと見る。

明日もまたデジャブをやるつもりか。

森尾は、このままでは埒《らち》があかないと気が変わって言った。

「判りました。じゃあ、今度仕事帰りに食事に行きますよ」


九月下旬。世間はようやく暑い夏と別れ、秋を迎えたばかりだったが、ファッション誌の誌面は冬真っただ中だ。ともすれば春さえもう意識している時期である。

「滝村さん、なんか今日機嫌いいっすね」

今日は街中での撮影で、撮り終えたばかりの写真をカメラマンと一緒に確認していた滝村は、声をかけられて顔を起こす。

路肩に止めたロケバスに乗り込んできたのは、暑苦しいコート姿からようやく解放されたモデルの男だ。

「え、そう？　俺はいつだってゴキゲンよ〜。そんなツンツン不機嫌にしてるときなんてないでしょ」

「まぁ、そうですけど、なんか今日は一味違うなっていうか」

「じゃあアレかなぁ、難攻不落で諦めかけてた城を落とせそうな気配なんだよね」

「え、なにそれ、やっぱ女っすか？　そんな手こずらされるなんて、よっぽどいい女とか？」

自分から触れ回っているつもりはないが、いつの間にか滝村の女好きは知られており、若いモデルは興味ありげな顔で突っ込んでくる。

「いいも悪いも、その前に女じゃないよ」

滝村は曖昧に笑って煙に巻いた。

上機嫌であるのは確かだ。これ以上ない充実した日々。正午過ぎには、来月号の特集ページを飾る予定の撮影も滞りなく終え、滝村は会社に戻った。

「はぁ、多忙で目が回る」

撮影から解放されても、滝村の仕事は終了ではない。むしろこれから記事を起こす作業が山と残っている。

その割にのん気そうな滝村の口から自然と漏《も》れた『多忙』とは、仕事とはまた別のところにある予定だ。

「……来週月曜は遥乃《はるの》ちゃんとディナー、火曜は真美《まみ》ちゃんと演劇鑑賞で、水曜は曜子《ようこ》ちゃんと……いや、その前に梨奈《りな》ちゃんとランチで……ん？　火曜の真美ちゃんって、佐藤《さとう》のほうだっけ？　鈴木《すずき》？」

仕事さえ順調であれば、滝村のプライベートはデートのスケジュールがびっしりだ。もちろん季節なんて関係ない。

「おつかれさん、今日も最高に綺麗だね」

片手にした携帯電話で予定を確認しつつ、エントランスホールを過《よ》ぎる途中で受付嬢に、にっこり微笑《ほほえ》みかける。エレベーターに乗れば、やってきたメールを読みながらも、乗り込んできた女性の行く先ボタンを押してあげるのは忘れない。

ほとんど無意識の所業だった。息をするように女性に愛想を振り撒《ま》く。そんな滝村の趣味はデート。特技は恋愛。絵に描いたような軽い男だが、取り柄はフェミニストであるところか。

実際、滝村はそのキャラクターで女性には愛されている。長身で、ちょっと胡散臭《うさんくさ》いが優しげな顔立ちのハンサムというのも点数が高い。

エレベーターを降りれば、今度は女の子からの電話だ。

「はいはーい、滝村さんの携帯です。あ、ようこりんどうしたの？」

女性は素晴らしい。まず美しい。その美しさは持って生まれたものもあるが、多くの女性は努力をしている。

醜いものは嫌いだ。なんて言い切ってしまうと、傲慢《ごうまん》だの内面を見ていないなどと言い出す者が必ず現われるけれど、滝村は努力しない人間が嫌いなのだ。

女性はもちろんのこと、男であっても努力次第で人は変われる。

それはメンズのファッション誌の編集者としての美意識でもある。

「あいつ、ちゃんと来るんだろうな」

電話を終えてフロアに入り、席に着きながらスケジュール確認の続きに戻った滝村は、携帯電話を弄《いじ》る手を止めて呟《つぶや》いた。

今夜の毛色の変わったデートの相手のことだ。森尾と出かけるのも初めてだが、同性とのデート自体、滝村もさすがに初めてである。しつこく誘っていたくらいだから、相手が男なのは抵抗がない。

滝村は女好きではあるけれど、元々同性にも冷たくはなかった。社内ではそこそこ親しい者もいるし、それどころか自分の美意識に適《かな》うものは性別関係なく美しいとさえ思う。

根は恐らくバイ気質。ただ、芽の出るきっかけがなかっただけだ。

そして人生初となる同性とのデート。といっても、女性とのデートが霞《かす》んでしまうほど、最初から特別好きな相手だったわけではない。なにしろ本人も言っていたとおり、『メガネ』などと勝手なあだ名で呼び捨てていた。

実際、メガネなのだ。よっぽど目が悪いのか、ビン底一歩手前の黒縁メガネ。今時のオシャレな黒縁ではない。十年……いや、二十年は遡《さかのぼ》っていそうなレトロメガネだ。

服装にでも気を使っていれば、それも懐古趣味ですまされるのだろうけれど、『メガネ』こと森尾の格好ときたら明らかにインドアなオタク風だ。神経質ゆえの清潔さが取り柄なだけの地味服は、主義主張などまるでなく、母親にお任せで揃《そろ》えてもらっているようにしか見えない。

そして滝村のそういった勘は鋭いので、当たらずといえども遠からずのはずだ。

そんな森尾のメガネの下にまさかあんな美少年顔が隠されていようとは。

いや、本当に隠されていたわけではない。サングラスじゃあるまいし、縁が太い程度で人の顔なんてそうそう隠せるものではない。自分でも何故ここまでと思うほどのハマりように、森尾と同じ第三編集部の上芝もびっくりしている。

不思議だ。森尾との仲に恋の芽生える土壌なんてなかったはずなのに。

「滝村さん、写真データ送っといたんでチェックお願いします」

向かいの席から声をかけられ、滝村は我に返る。

「ああ、やっとく」

ノートパソコンを開きながら、ぼそっと独りごちた。

「やっぱメガネでくるんだろうなぁ」

森尾は外で仕事があるとかで、夜の待ち合わせは直接店でということになった。

滝村が選んだのは何度か利用しているイタリアンのレストランバーだ。雰囲気がよく、カップルの利用客も多い。

午後八時過ぎ。約束の時間よりも少し遅れて森尾はやってきた。

「おまえ、なんでスーツなの？」

予想外に紺色スーツだ。

「今日は取材がありましたから」

「そんなん、べつにスーツじゃなくてもいいだろ」

「なかなか許可の下りなかった取材なんです。きちんとしておいて無礼になることはないでしょう。この格好だとなにか問題でしたか？」

「いや、学生みたいな格好だなと思って。もしかしてあれか？　それって、入社式の日に着ていたやつ？」

小柄な体に紺の上下。スーツなのに普段のラフな私服姿より幼く見えるのは、学校の制服みたいだからだろう。

「ええ、大学時代に就活用に買ったスーツなんです」

席に着くや否や突っ込んでくる滝村に、居心地悪そうに森尾は言う。

まさか一張羅《いっちょうら》か。まぁ卒業してまだ何年も経《た》たないのだから、着用していてもおかしくはないけれど、せめてシャツやネクタイぐらい手を入れて脱学生をしようとは思わないのか。

それに――

「なぁ、おまえさ、プライベートぐらいその装備外す気はないの？　メガネ、ちょっと外してみ？」

テーブル越しに手を伸ばせば、取るつもりはないのに途端に身を仰《の》け反《ぞ》らせて嫌がる。メガネを外した顔に『惚れた』のなんだのと言いまくっていたため、すっかり森尾は警戒モードだ。

「嫌です。メニューも読めなくなります」

「そんなに視力悪いのか。まぁ拒否るだろうと思ってたけどね……あ、ここのガーリックオイル煮美味《うま》いんだ。魚介類は好きか？　酒はおまえ、飲めたんだっけ？」

「お酒はあまり……得意ではありません」

「じゃあ、ワインじゃなくて、この辺のロングカクテルにしてみる？　飲みやすいし、度数低いよ。ソフトドリンクじゃ味気ないだろう」

メニューを指差してあれこれ告げる滝村は、基本的に世話焼きだ。

森尾はといえば、相変わらずプライベートで会っても、お堅い男だった。

食事を始めてあれこれ話しかけても、打ち解ける気配はない。緊張感を漲《みなぎ》らせてちまちまと食事をする姿は、まるで辺りを警戒しつつ餌《えさ》を食べる小動物でも愛《め》でている気分だ。おっかなびっくりカクテルに口をつけている姿は面白いかもしれない。

じっと見つめる滝村が目が合って笑むと、メガネ越しの眸は不満そうな眼差しになる。

「嬉しそうですね？」

「え、そりゃあ嬉しくて当然だろ。ずっと興味あった子がやっと誘いに乗ってくれたんだ」

「……そうですか、それはよかったです。じゃあ、もう満足しましたよね」

「は……？」

むすりとした男の一言に、滝村は食事の手を止める。なんだか不穏な空気を感じた。

そして、こんな勘は外れない。

「一度ちゃんとお話ししておこうと思ったんです」

お堅い男が、さらに表情から声までガチガチに固まらせて話を切り出す。もう先を聞きたくない気分だけれど、無視するわけにもいかずに、滝村は小さな溜め息をついて森尾の言葉を待った。

「滝村さん、僕に付きまとうのはもうやめてください」

「付きまとうって……俺、おまえにそんなに迷惑かけたっけ？」

「いつもうちの編集部に来てるじゃないですか」

「それだけだろう？　確かにおまえを何回も食事に誘っちゃいるけど……」

「それが迷惑なんです」

二の句を継がせまいとでもするように、森尾は言い切る。

「……百歩譲って、仕事中に話しかけるのは邪魔だとしても、誘うこと自体も駄目だったのか？　どうして？」

「くだらないからです」

どういうつもりで言っているのか知らないが、さすがに滝村もむっとなった。

「興味がある相手と食事したり、語り合いたいと思うことのどこがくだらないんだ？　俺と食事するぐらいなら、さっさと家に帰って本の一冊でも読んでたほうが建設的ってか？」

「……そう思ってもらって構いません」

インドアな文学オタクだとは知っていたが、ここまでだとは思っていなかった。

「おまえの読んでる小説に、人付き合いは時間の無駄だなんて書いてないだろう？」

「だって……あなた今まで僕を散々嫌ってたじゃないですか。オタクだとかメガネだとか」

「それはおまえが文芸にちょっといたからって、人の仕事を馬鹿にした態度をとるからだ」

「そっちが先に馬鹿にしたんです」

「べつに俺は馬鹿になんてしてないぞ？　そりゃあいろいろ努力してる子は応援したくなるけどね、男女問わず。ファッションは人のためでもある。人を好きになったら相手のために気を使いたくなるもんだ」

「そうですか？　僕はそうは思いませんね。好きになったら相手の見た目なんて気にならなくなるものじゃないんですか？　無意味です」

森尾は態度を軟化させるどころか、さらにばっさり言い放った。

「それに矛盾してますね」

「え？」

「だったら、なんで急に僕に興味を持つんですか？　僕はなにも変わってません。滝村さんがメガネを取った顔を知っただけです。それだって僕には違いが判らないけど……僕は滝村さんの好きな外見の『努力』とやらもしてないし、急に惚れたのなんだの言われたって、理解できません。中身はずっと同じですから」

溜め込んでいたものをぶつけるように言われ、滝村は一瞬言葉を失う。

確かに、森尾の言うとおりだ。

じゃあ、自分はやっぱり外見だけで人を判断しているのか。

「そんな……頭から否定することないだろう。俺だって気持ちが変わるときもあるよ。たしかにおまえの中身は変わってないよ、まんま可愛げない奴だ」

可愛げないのは森尾でも、大人気《おとなげ》ないのは自分だ。負け惜しみのような言い草になってしまった。

こんな話をするために約束をしたわけじゃない。自分から口火を切ったくせして、当の森尾までもが気まずそうに視線を泳がせ、落ち着きない仕草でテーブルのカクテルをぐいっと煽《あお》る。

「あ……」

ショートカクテルは滝村の頼んだものだったが、この上バツの悪い思いをさせる必要もないかと黙っておいた。

その後はほとんど会話もなく、料理が届くのに合わせて酒を飲むばかりだった。誰かといて、こんな微妙な空気になるなんて滅多にないことだ。

ある意味新鮮だなんて、やけくそ気味に考えながら、滝村は新しく注文した酒を飲む。

すぐ傍《そば》にいるのに遠い距離感——

ふと、昔を思い出した。

あれだ。森尾は、高校一年生のとき隣の席だった女にどこか似ている。

長い間隣にいたのに、打ち解けられなかった少女。いつも休み時間は小難しそうな小説本を読んでいる子で、ちょっと声をかけづらい雰囲気を醸し出していた。

滝村はといえば、その頃から今と変わらずだ。基本的に私服の高校で、クラスの女の子の誰もが、お洒落《しゃれ》でカッコよく楽しい滝村と付き合いたがっていた。

そんな中、彼女だけは知らん顔。一度だけ、筆記用具を忘れて困っていたらシャープペンシルを貸してくれたことはある。自分のほうへ伸ばされた手に、何故だか変に緊張した。

書き損じる度、消しゴムを借りた。わざと何度もそれを繰り返したら、消しゴムはカッターで一刀両断、三分の一ほどを『あげる』と渡され、まるで引導でも渡されたみたいにそれきりだった。

そんな彼女が恋人に選んだのは、顔の印象も残っていない、クソ真面目が取り柄なクラスメイトの男だ。どうせうまくいかないに決まっている。そう思っていたのに、高校を卒業して数年後、彼女がその男と結婚したと噂に聞いた。

そのとき初めてぼんやりと、自分は『あの子のことが好きだったのかもしれないなぁ』と思った。

嫌がらせのように消しゴムを何度も借りたのは、子供っぽい愛情表現。そんな回りくどい気の引き方をしたことも、自分の気持ちに気づかないままでいたのも初めてだった。

森尾はちょっとだけあの子に似てなくもない。

もしかして、今までも嫌みを言ったりからかったりで遠回しに森尾の気を引こうとしていたのだろうか。

あの女の子のときと同じように——

まさかと思った。自分はもう、そんな子供じみた行いをする年じゃない。

「大丈夫か、森尾？」

森尾は問いかけてくる男の声を、水の中で聞いているみたいだと感じた。

店を出ると、視界はきらきらしていた。まるで水中から水面でも見上げるかのように街の明かりは光のドレープを作り、夜の闇の中で揺らいでいる。

足元は覚束《おぼつか》なかった。ふらふらと左右に体は揺れ、ついには傍らから伸ばされた滝村の手に支えて貰わなければならないほどだった。けれど、森尾自身は自分で酔っぱらっているとは思っていなかった。

自覚がないのは重症の証《あかし》だ。

「おまえ、顔真っ赤じゃないかよ。店暗くて気づかなかったけど……すごい酒弱いんじゃないのか？」

「お酒は……苦手なんです。だから飲みませんから、大丈夫です」

「……全然、大丈夫じゃないだろ。おまえもう飲みまくってるし」

やや呆れたような声と共に、滝村は溜め息をつく。

「最初に得意じゃないって言ってたもんな……俺ももっと気を使ってればよかったよ。おまえな、自分で飲んでたから止めなかったけど、結構度数が高いのばっか選んでたぞ」

「へいきです」

「だから平気じゃねぇって、ふらついてるし。ほら、しっかり……」

「だいじょうぶ…です、一人…で歩けます」

支えなくしてはまともに歩けない状況にもかかわらず、貸そうとする男の手を森尾は振り払う。呂律《ろれつ》まで怪しくなるほど酔っているくせに、頑《かたく》なな態度だけはどこまでも崩さない森尾に滝村が不服そうな声で言った。

「可愛げないなぁ、ホントおまえは。こういうときくらい、素直に頼っておこうって思えないのか？」

右へ左へよろつくばかりで、ほとんど前に進まない歩みの森尾の耳にも、その声は届いていた。水に沈んだようなフィルターがかかっていてもちゃんと聞こえるのは、それこそがまさに苦手なアルコールに手を出してしまった原因だからかもしれない。

少し後悔していた。

親しくするつもりで来た食事ではないとはいえ、きつい言い方になってしまったこと。もっと上手な遠ざけ方があったかもしれないのに。

「……いつもそうだ」

「え？」

「……僕は、いつも……そう」

あのときもそうだった。あのときも酔っていて、自分の言い方が悪かったせいで、たぶん相手を傷つけた。だから、仕事だって上手《うま》くいかずに今の場所へと行き着いた。

じゃなきゃ、今頃――

心が弱くなる度に思い出すことが、水面を目指す泡みたいに湧《わ》き上がってくる。

ふらりと身を寄せた電柱に頭を預け、俯《うつむ》き加減になった森尾はきゅっと唇を噛《か》んだ。

「……僕だってわかっ…てんれす」

「森尾？」

「僕みたいの、ダメな人間らって……なのにきゅうにあなた！　あなたもどうせからかって……」

「ちょっと、待て……おまえ泣き上戸《じょうご》とかじゃないだろうな。なに言ってるか全然わかんねぇし、森尾……おい、そこベッドじゃないから寝るな、電柱抱くな！」

振り払っても懲《こ》りずに差し出される手を、森尾は『嫌だなぁ』と思った。

放っておいてくれればいいのに。

でないと、優しくされると罪悪感は大きくなる。

そうだ、謝ろう。目が覚めたら、言い過ぎてしまったと詫《わ》びる。そうすれば、きっとさっきから手を差し出してくれている男とも、いい関係が築けるだろう。

目を開いても閉じても、光の揺れは大きくなったように感じられ、思考は覚束ない。相手が誰だかもよく判らなくなっていたけれど、謝りたい気持ちだけは残っていた。

そしてそれは、そう難しくないことに感じられた。

目が覚めれば、明日の朝がくればきっと。


「おまえ、寝るなら行く先ぐらい告げてからにしろ」

森尾を連れた滝村はといえば、途方に暮れていた。

タクシーに乗り込めば、一瞬の間に森尾は眠り込んでしまい、揺すっても叩いてもうんともすんとも言わなくなってしまった。

酔っ払いを介抱する趣味はない。まして自分を毛嫌いし、迷惑だと突っぱねる男など、家に上げてやる謂《いわ》れもない。けれど、まさか路上に放置して帰るわけにもいかず、実際どんな相手であれ、そんな冷たい真似をしたいとも思えないのが滝村だった。

なんだかんだいって、博愛主義なのだ。

仕方なく泊めてやることにした。一人暮らしのマンションはいつ誰が……ほぼ百パーセント女性だが……やってきてもいいように整えられている。靴を脱がせたり部屋の奥へと運ぶうち、ぼんやり薄目を開けた森尾は、働かせたらしい本能でもっとも居心地のいい場所へと向かった。

「あっ、おまえはソファだって！」

リビングと続き間の寝室にフラつきながら入り込んだと思えば、広いベッドへダイブする。

「おいおい、大人しそうな顔してずうずうしいじゃないか。これで人に文句言える立場か?」

『しょうがないな』と盛大な溜め息を零す滝村は、ベッドの端に腰を下ろした。

酒は先に酔ったほうが勝ちなんていうが、本当だなと思う。派手に酔い潰《つぶ》れられてしまって、目が冴えた。あまり家で飲むほうではないが、今日は飲み直したい気分だ。

森尾が部屋にいるのも、なんだか落ち着かない。男の来客は珍しいからか、今夜は高校時代のことなんて思い出してしまったからか――

「くーくー気持ちよさそうに寝やがって。俺のベッドは女の子専用なのにさ。ゲロって汚したりしてみろ、即叩き出す……」

シックなブラウンのカバーリングのベッドに我が物顔で寝そべった森尾は、嫌みを聞かされているとも知らず、寝息を立てている。

アルコールで火照《ほて》った赤い頬に、ずれたメガネが乗っかっていて、滝村は手を伸ばした。

「……やっぱ外したら可愛いんでやんの」

取り去ると、悔しい気分で呟く。

またあの少女の面影《おもかげ》が頭を過《よ》ぎった。少し顔立ちも似ているのかもしれない。

「……う……ん……」

息苦しいのだろう。森尾はもぞもぞとネクタイの結び目を探り始め、上手くいかずに余計に首を絞めかけたりしている。

「はいはい、世話焼かせんな」

ネクタイをするりと解《ほど》いてやった。ついでにシャツのボタンも一つ二つと外してやれば、その下からは、きっちりと着込んだオヤジ臭い形のアンダーシャツが現われる。

予想どおりと言おうか。

一張羅の地味スーツに、色気もそっけもない白シャツとオヤジ御用達系のアンダーシャツ。三種の神器か。なんて、意味のないことを滝村は考え、ふとその下はどうなっているのかと思い当たった。

ただの興味というか、嫌がらせ。安っぽいベルトを外し、前を寛《くつろ》げたスラックスをずり下ろせば、露《あら》わになったのは眩《まぶ》しい白さの下着だ。

「うわ…すげ、白ブリーフなんて十五年ぶりくらいに見た」

一言にブリーフと言ってもいろいろあるだろうけれど、色だけの問題でなく、子供が穿《は》かされているようなそれだ。中年男や年寄りにも愛用者はいるのだろうが、森尾の容姿からしてとにかく子供っぽいとしか思えなかった。

ふっと笑う。いきなり酔っ払いを介抱してベッドを奪われる羽目になったのだ、少しぐらいからかっても許されるだろう。

「予想を裏切らない奴だなぁ。ママに買ってもらってんのかねぇ、まさか穿かせてもらったりしてないだろうな……つか、ちゃんとついてんのか？」

休眠状態にしても、その中心はまるで存在を感じさせない。ぺたりと膨《ふく》らみのない純白ブリーフに、その中身が妙に気になる。ちょっと……いや、完全にセクハラだなぁなんて思いつつも、滝村は手を伸ばしてしまった。

まぁ、黙っていれば見られたとは判らないのだから、見ても見なくても同じことだ。なんて、勝手な理屈を並べて確認する。

驚いた。

「うわ……小さ……」

小柄な体つきを考えればこんなものだろうか。いやいや、それにしても貧相過ぎる。なんだか男として同情してしまった時点で、急に罪悪感が湧いた。

心の中で詫びつつ下着をそっと元に戻していると、突然動き出した身にどきりとなる。寒気でもしたのか、微《かす》かな呻《うめ》き声を上げて森尾は寝返りを打った。ベッドカバーを掻《か》き寄せるようにして抱く男は滝村へ背中を向け、同時に尻も向けてくる。よれた下着の下から臀《でん》部《ぶ》が露出し、滝村は思わず息を飲んだ。

白く滑《なめ》らかで綺麗な肌だった。

湧いたはずの罪悪感はどこへ行ったのやら。妙な好奇心は止め処《ど》なく高まり、再びそろりと手を伸ばしてみる。そっと突くように触れてみるうち、思わず手元を狂わせでもしたみたいに、布の縁に指を引っかけた。

そろりと純白ブリーフを横に避け、尻の狭間《はざま》を露にする。覗《のぞ》いた尻は肉づきも薄く、あっさりと恥ずかしい場所が奥まで曝《さら》け出された。

滝村はゴクリと喉を鳴らした。

思いがけず可愛らしいピンク色をした器官が目に飛び込んでくる。淡く色づいた小さな窄《すぼ》まり。呼吸に合わせ、無防備に僅《わず》かに綻《ほころ》んだり噤《つぐ》んだりを繰り返している。

「やべ……」

なにがやばいのか、呟いておいて自分で判っていなかった。

基本的に、自分はゲイではないはずだ。なのに目が離せない。滝村はちょっと怖いくらいに、会社の後輩である男の尻の穴を凝視している自分を感じた。

惚れたのなんだの言って追い回し、性的な興味をまるで覚えていなかったといえば嘘になるけれど、こんな切羽詰まった気分で魅入《みい》る自分は想像もしなかった。

視姦《しかん》されているとも知らず、当人は安らかに眠っている。

――こいつの中はどうなってるのか。

「……ん……」

指の腹を滑らせると、森尾の息遣いが乱れる。

まるで持ち主に無断でなにかを持ち出そうとでもしているかのように、タイミングを計りつつ窄まったところに触れてみた。まだ乾いた場所を撫《な》でたり、突いてみたり。けれど、指を突き入れるどころか、入り口を抉《こ》じ開けることさえ困難だ。

そうこうしているうちに、森尾が身じろいで背後を窺《うかが》おうとした。

「ん、あ……」

黒い小さな頭が動き、滝村はすっと手を離す。

「ん……なに？　だれ……？」

「……俺、滝村だよ」

「……たき……むら……」

繰り返しながらも、言葉をなぞるばかりの森尾は自分をちゃんと認識しているか怪しい。

「森尾、起きた？」

声をかけながら、ベッドの上へと上がってみる。

その華奢《きゃしゃ》な体に、背後から寄り添うように滝村は寝そべった。

「……ん、う……」

「起きてないじゃん、全然」

呻《うめ》くばかりで目蓋《まぶた》さえ起こす気配のない男に、くすっと笑う。子供みたいな反応だ。酔っ払っているせいだろうが、生意気さがなりを潜めれば可愛く見えてくる。

顔を覗き込み、身を屈《かが》めてその頬に唇を押し当てた。男のくせに柔らかい。赤子みたいな滑らかでふわりとした肌だ。

幾度か繰り返し、そして耳朶《じだ》から首筋へとゆっくりと唇を這《は》わせていく。時折、舌を出して肌を舐《な》めてもみた。擽《くすぐ》ったそうに無意識に身を竦《すく》ませる男の首元を愛撫し、顔を深く埋めながら回した腕できゅっと体を抱き竦める。

細くて腕にすっぽり収まるサイズだった。ちょうどよくて気持ちがいい。

自分も本当はかなり酔っているのかもしれなかった。

けれど、今頃それに気がついても遅い。最初は他愛もない好奇心、それから切羽詰まった欲望。引くに引けないところにだいぶきてしまっている。

「あ……なに……？」

敏感な中心に手を這わせれば、舌を縺《もつ》れさせながらも反応が返ってくる。

「なんだと思う？」

囁《ささや》きながら、下着越しのそれを握り込んだ。

「んっ……どこ、触って……」

「どこって、おまえのアレだろ」

「あ……っ……」

顎《あご》を乗せた薄い肩がぶるっと震えた。

泥酔気味になっていてもちゃんと感じるらしい。無防備な声が尋ねてくる。

「……なに？　な…にやって、んの？」

「気持ちいいこと。酔ってるときにこうするの、気持ちいいって知ってる？」

「え……いい…って？」

「そんなの、おまえが知るわけないか。教えてやろうか？　気持ちいいことは好き？」

頭が回らないなりに問われたことを考えようとはしているのだろう。

だいぶ間が空き、返事がくる。

「……わ…からない」

「判んないんだ？　でも、嫌いじゃない？」

「うぅ……うん」

首を横に振りかけ、なにを思って考え直したのか微かだがこくりと森尾は頷《うなず》いた。そんな素直な反応が返ってくるとは思っていなかったので、不覚にもどきりとしてしまった。

本当に教えてやりたくなる。

「な……おまえは酔って夢見てんだよ。エッチな夢……べつに怖い夢じゃないだろう？　いい子にしてたら、どんどん気持ちよくなれる。でも、嫌がったらすぐに覚めてしまう……夢だから」

夢はシャボン玉と同じ。淡く儚く、いい夢ほど覚めるのは早い。

滝村はまるで暗示でもかけるみたいに、森尾の耳に囁きかけた。

「これ、気持ちいい？」

「……うん」

すっかり言葉を鵜呑《うの》みにしてしまったらしい男は、今度はまごつく時間もなしに頷く。やんわりと刺激していた手を、下着の中へ忍ばせる。直接指を絡《から》めて扱《しご》いてやれば、すぐにとろっとしたのが溢《あふ》れてきた。

目で確認しなくとも、どんな風に森尾が自分の手を濡《ぬ》らしているかぐらい判る。小さいながらも反応は悪くない。まるでその分、感覚が密にでもなっているみたいに敏感だ。どんどん硬くなってきて、ぬるつく尖端《せんたん》を揉《も》み込むように弄ってやると、腕の中の細い体はもぞもぞと身をくねらせ、鼻にかかった甘え声を上げた。

「……あ、ぅ……んっ…ん……」

「もっとしよっか？　初めてのこと……夢でしか、絶対できないようなこと……」

自分のほうが唆《そそのか》されでもしているかのように、先を求める。

空いた手を後ろに回した。狭間の奥の窪みを探り、強めに押してみる。やや強引に抉じ開ければ指先を潜らせることはできたけれど、同時に拒否反応が返ってきた。

「……なに、や……いっ……いたい……」

「やじゃない、やじゃない。すぐこっちも気持ちよくなるから」

そうは言ったものの、物理的な抵抗感からして大きい。

家の中に潤滑剤はなくもなかったけれど、取りに行く手間が惜しく感じられた。時間よりも、その間に森尾が目を覚ましてしまったらと不安が過ぎる。

逃したくない。手に入れたい。らしくもなく、そんな風に強く思い始めている自分がいる。

滝村は身を起こしながら、森尾の体を仰向《あおむ》かせた。その目はぼんやりと開かれており、視線が緩く絡む。

「……たき……むらさん」

見えているのか。

名を呼ばれて、退《ひ》くことなどもうできないと思った。誰かなんて一つも判っておらず、さっきの反応も言葉をなぞっただけとばかり思っていた男が、ちゃんと自分を認識している。

「そうだよ。判ってんじゃないか」

夢の中だろうと、嫌いな男相手にこんなに無防備になってしまえるものだろうか。潜在意識の中に、自分を受け入れる余地があるのではないのかと考えてしまう。

もしかして、弄ばれてるのは自分かもしれない。

笑ってしまった白い下着ですら、征服欲を刺激する。膝《ひざ》近くまで下りていたスラックスと下着を脱がせ、ベッドの下に放りやった。

「これ……ゆめ……」

「……夢じゃなきゃ、こんなこと俺とおまえでするわけないだろう？」

「ん……あっ……」

足を開かせ、下腹部に顔を埋《うず》めた。躊躇《ためら》いもなく男のものに唇を這わせ、抵抗する間を奪い取るように口腔に含んでいく。

驚いて身じろぐ腰を押さえ込んだ。

こんなこと、森尾は男どころか女にもされたことがないだろう。

「……なぁ森尾、想像ぐらい…したことある？　な、ここ……誰かにこうしてもらうの」

「……しな、そんな…っ……あ、ぅ……や、へん……」

「……変って？」

「そ…れ、なんか……ぁ、とけっ……」

「溶けそうな感じ？」

濡れそぼった茎を啄《ついば》みながら、滝村はくすっと笑った。

「それをな、気持ちいい……って言うんだよ」

「……あ、あぁ…っ……」

口腔から抜き出しては、また貪《むさぼ》りついた。最初は驚きに竦んでいた男の体も、注がれる愛撫にじわじわと弛緩していく。

なんだか同じ男とは思えなかった。こうして口に含んで愛撫するのにちょうどいいサイズだ。こんな風にするためについているんじゃないかと錯覚してしまうほどで、もっともっと、いっぱい可愛がってやりたくなる。

じゅっと何度も音を立てて唇や舌で扱きながら、滝村はまたあの場所に指を這わせた。どうしても気になって仕方のない場所。自分が最終的にどうしたいかぐらい、もう判っている。

さっきまで森尾自身に触れていた右手は濡れており、抵抗は少なかった。

長い指を奥まで飲み込ませていく。ゆっくりと慣らす動きで抜き差し、閉じた場所に和《やわ》らいだ道筋を作る。深いところも浅い部分も、前を愛撫して宥《なだ》めすかしながら開かせていった。

「……ひ…ぅんっ……」

気づいていないわけじゃないらしい。指を動かす度、むずかるように腰をくねらせて拒もうとする。けれど性器に施されるめくるめく快感には抗《あらが》えないらしく、啜《すす》り喘《あえ》ぎながら森尾はその行為を受け入れていった。

「……後ろ、いいか？　感じるようになってきた？」

「……や……気持ち、わる…い……」

異物感はなかなか抜け切れないのだろう。懸命に頭を振って見せる。

「や…ぁ、あっ……」

「……可愛いな。前言撤回……おまえ、やっぱ可愛いよ」

くたりと華奢な体をベッドに預け、ひくひくと腰を弾ませている男を見下ろす。

もう前に触れなくとも、感じる声は止め処なく零れていた。何度か大きく抜き差しを繰り返し、増やした指を抜き取る。

森尾の衣服を全部脱がせる余裕すらなくて、けれどもっと目に焼きつけたい気持ちだけはたくさんあって、滝村は手にかけたシャツをアンダーごとたくし上げる。

白くほっそりとした少年のような肢体。力の抜け切った体を抱え上げ、両足を恥ずかしく開かせる。

よからぬことをしようと取らせたあられもない格好は、普段の森尾からは想像もつかない卑猥《ひわい》さで、頭がくらくらした。

「……やば、これ……結構、クるかも」

待ちきれない思いで衣服を寛げ、滝村は自身をその場所に宛《あて》がう。

「ひ…ぁっ…ああ……」

「……うわ、きつ……」

思った以上に狭い内部は、いくら慣らしたところできゅうきゅうと滝村を締めつけてくる。

半分も行かないところで、森尾が音《ね》を上げて泣きじゃくり始めた。

「なに…それ、なに……いや、だ…っ、入れっ…な……でっ……」

「暴れるなって、暴れたら痛いだろ？　じっとしてたら、無理に動かさないから、な？　ちょっと待ってな、ほら……」

力を失いそうになった性器に再び指を絡め、やわやわと揉んで扱き始める。

「や……あっ、あっ……」

「ああ……ホント、感じやすいのな。ほら、また先っぽ濡れてきた」

「んっ、んっ……いいっ……」

「森尾……おまえのエロ声、可愛いのな。たまんない……いっつもそんなならいいのに……ここ、こうやって弄ってないとダメなのか？　可愛く、なれない？」

「や…だ、いや…っ……」

「嫌じゃないだろ、もうヌルヌル……ぐちゅぐちゅ言ってんの、判るか？　こっちも……こっちも」

夢中になって我を忘れているのはどっちなのか。

押しつけるように腰を軽く揺すりながら、滝村は体を全部重ねて森尾の小さな耳朶に口づける。

赤く染まって熱を持ったそれに唇を這わせながら、囁きかけた。

「……ちゃんとしてやるから。ちゃんと、おまえもよくしてやるから……後ろ、ちょっと緩めてみ……きつすぎて、これじゃイクにもイケねぇよ」

イクの言葉に怯《おび》えたように、森尾は喉を引き攣らせる。

「欲しいんだよ、おまえが……すげ、欲しい。な、させろよ」

「や……」

どこまで内容を理解できているのだろう。頭を振る姿にも嗜虐心《しぎゃくしん》をそそられるばかりで、滝村は丸め込むのに懸命だった。

「俺の、可愛がってくれたら……ひどいこと、しないから」

「ほん、ほんとっ……？」

本当は、なにがひどいことなのか。言葉に生じた矛盾を力技でねじ伏せる。

「ほんとに……ひど…く、しない？」

すっかり信じ込んで、従順に体を開こうとする男に、愛《いと》しさが募ってどうしようかと思った。

「いいコだな、おまえ可愛い」

しゃくり上げながら、自分を受け入れている森尾の唇に唇を重ね合わせる。熱っぽい吐息に湿った唇を啄みながら、潤んだ眸を覗き込んだ。

「な……これ、もう嫌いじゃない？」

「あ…んっ、あ……」

「俺…のことは？　俺も平気？」

「ん……ん…っ、う…ん……」

ただの甘い呻きなのか、頷いたのか。

曖昧だったけれど、滝村は勝手に解釈して笑みを浮かべた。

「じゃあ、これからもっと好きになろうな。もっと、もっと……」


部屋のカーテンは開け放ったままだった。

薄いレースカーテンなどもろともせず燦々《さんさん》と部屋を照らし始めた朝日の中で、滝村は完全に困り果てていた。

カーテンを閉じ忘れたくらいで、太陽と地球の営みが休業になるはずもないが、無遠慮に昇った日を恨むほど……新しい一日が始まってしまったことに絶望するほど、目の前では非常事態が巻き起こっている。

「…………立てない」

ベッドの端に座り、さっきから無言で足元の床をじっと見続けていた男は、いざ立ち上がろうとしてそう呟いた。

腰が抜けて立てないとでも言いたいのか。

「おいおい、そんなにヤりまくってないぞ。加減ぐらいしてる。おまえなぁ、さっきからいくらなんでも純情ぶり過ぎだ」

ベッドの上で胡坐《あぐら》をかき、成り行きを見守っていた滝村は言った。

滝村は上半身裸で、森尾はシャツのみの下半身裸だ。なんとも間抜けな格好ではあるが、修羅場には違いない。

目覚めた際の森尾はすっかりパニックで、隣で寝ていた滝村は激しく揺さぶり起こされ、経緯を説明させられた。突然のことで寝ぼけていたせいもあり、特に隠そうとも誤魔化そうともしなかった。

ところどころは森尾も記憶に残っていたらしい。どうやら夢だと思っていたものが現実にすり替わり、衝撃のあまり放心状態、そしてこの有様……というわけだ。

滝村も反省していないわけではない。

やはり自分も相当酔っ払っていたのだと思う。欲望を満たした後は幸せ気分。結局最後まできちんと目覚めることのなかった男を抱き枕に、『明日のことは明日考えよう』なんて夢見心地に眠りについてしまい——早速訪れてしまったその『明日』に途方に暮れる。

「も、森尾……？」

まただんまりで床を見下ろし始めた男の背に、恐る恐る声をかけた。

「……こんなんじゃ仕事行けない。休んだことないのに。遅刻だって、一度もしたことないのに」

ぽつりぽつりと独り言じみた呟きを零し始めた森尾に、まるで盛り立てでもするかのように滝村は言う。

「おー、おまえ無遅刻無欠勤か。すごいじゃないか、さすが真面目……」

「会社だけじゃない！　僕は大学も高校も、中学校も小学校も！　夏休みのラジオ体操だって、ずっとずっと欠席なんてしたことないんだ!!」

ぷつり。なにか糸でも切れてしまったみたいに、突然激しく捲し立てられ、滝村は思わず身を仰け反らせた。

想像以上に怒りは深そうで、まぁ当然といえば当然である。

「お、おまえの記録止めたのは悪かったよ。か、皆勤記録なら新しく作ればいい。また定年まで頑張れば……ほら、おまえの若さなら軽く三十年以上だ。すごいぞ、今までの人生より長い期間だぞ！　俺なんか、そんなに休まないなんて考えるのもぞっとする長さだけどな」

ははっと空々《そらぞら》しく笑う。

もちろん笑い声は返ってこない。

「森尾？　俺だってほら、こないだまで記録保持者だったんだぞ？　中学からずっと、女切れたことなかったんだけど、夏前についうっかり別れちゃってなぁ……」

趣味はデート、特技は恋愛……の滝村ではあるが、正直女性のヒステリーを宥めるのは得意ではない。今の状況は、まさにそんな気分だった。

同性のはずなのに、あまりに違う価値観のせいで、異性を前にしているかのごとく思考が読めない。

　森尾はキレたかと思えば、うんともすんとも言わなくなった。どうにかご機嫌を取ろうにも、ベッドの端に座ったまままこちらを振り返ろうともせず、まるで病人のような動きでそろりと身を起こした。

　床に散らばった衣服を拾うつもりらしい。けれど、身を屈めた男は急にぴたりと動きを止め、その場に膝をついてしまった。

「ど、どうした？」

　そんな大げさなと思って見れば、どろりと内腿《うちもも》を伝ったものが、ぽたぽたと床に雫《しずく》となって落ちるのが見えた。

　シャツの裾《すそ》を片手でひっぱりながらへたり込み、俯いて肩先を震わせ始めた男に、滝村は困ったように頭を掻くしかできない。

「あー……」

　とうとう小さな嗚咽《おえつ》が、『えっ、えっ』と響いてきた。

「……ごめん」

　返事はない。深く項垂《うなだ》れた男の顔は、かろうじて耳と頬の一部が見えるだけで表情は窺えない。

「森尾……ごめんな？」

声をかけながら滝村はベッドを下りた。

背後から回り込んで覗けば、森尾は例の白いブリーフを握り締めて泣いていた。俯いた小さな顔をぽろぽろと涙が伝い落ちるのを見ると、ひどくうろたえた気分になる。

子供でも苛《いじ》めてしまったみたいだ。自分のしでかした鬼畜の所業のせいなのに、なんだか胸が痛い。

「わ、悪かったって、俺が悪かった。ほら、シャワーでも浴びてすっきりしてこいよ。案内してやるから……」

慌てて宥めながら、肩に手をかける。

確かに女相手だったら自分はここまでしなかったかもしれない。今まで酔っ払った子を介抱した経験は何度もあるが、前後不覚の相手に手を出そうとしたことはなかった。

おまけに酷《ひど》いことはしないなんて言ったくせに、一生懸命自分に合わせようとする森尾が可愛く思えたものだから、ついうっかり中に——

いや、やっぱりそれ以前の問題か。

「ひどっ……酷い。ぼく、僕になんの恨み…があるんだっ。あなたはっ…なんの権利があって、こんなことっ……」

嗚咽の合間に、恨み言が零れ始める。

「ちょっと可愛いなぁって思ったからだよ」

「ちょっと……？」

「あ、ちょっとじゃない、だいぶ！　すげー可愛いって思ったから、飲みにも誘ったし……一度も、最初からからかってなんかないよ。本気で……触りたくなってしまったんだ」

珍しく真面目な滝村の口調にも、森尾は無言だ。

反応がないものだから、いつもの調子に戻りつく。

「ほら、俺もお前もちゃんと成人だろ？　今付き合ってる女もいないし、フリーだし、倫理的になんの問題もないじゃないか」

ブリーフを握ったままの手の甲で、ぐいっと森尾は涙を拭う。ついでキッとなった眼差しが、自分を鋭く睨み据えてきた。

「男同士じゃないですか！　問題ないって、僕が自分からあなたの家に押しかけて、勝手に服を脱いで、『お願いします』とでも言ったって言うんですか？」

「おまえ……酒乱の気《け》でもあるのか？」

「仮定の話です！」

「けど、勝手に俺のベッドに転がり込んだのはおまえだぞ。自分からだ」

「そ、その先は？　同意は取ったんですか、僕の同意は！」

「同意……気持ちいいこと好きかって訊《き》いたら、うんって」

森尾の目つきは少しも変わらないままだ。むしろ『疑い』の色まで加わる。

「あー、正確には、『気持ちいいこと好きか？』って俺が訊いたら、おまえ『わかんない』って。そんで『でも、嫌いじゃない？』って訊き直したら、ちょっと迷ってから『うん』って。あれ、可愛かったなぁ……おまえ、素直だったもん。感じやすいし、体くにゃくにゃになっちゃうし、もう……」

思い出話を始めてしまい、はっとなる。

火に油。怒りに余計なものを注いでしまったと焦《あせ》って顔を見返せば、森尾はついっと目を背けた。

視線が揺れていた。顔が赤い。

あの返事は、もしかして本当だったのか。まぁ気持ちいいことが嫌いな男なんてこの世にいるはずもないけれど、無遅刻無欠席がご自慢の真面目な男にとっては恥ずべきことだったみたいで、見れば見るほど真っ赤に頬を染めていく。

――やばい。

滝村は焦った。

うっかりまた『可愛い』なんて思ってしまった。

森尾はぶるっと大きく頭を振ったかと思うと、震える声で言う。

「……責任取ってください」

「え……？」

「こうなった責任、ちゃんと取ってくださいよ！」

確かに同意でないなら、やり逃げは卑怯《ひきょう》だろうが、かといってどうすればいいのか判らない。

「責任って……休むなら、今日の分の給料と……あと慰謝料とか払ってもいいけど……」

「休みは有休があります。そんな小金いりません」

「だったら、俺にどうしろって……」

「そんなんで足りるわけないでしょう。僕に、こんな……こんなことしといて！」

どうやら、またヒステリーの再開だ。

「森尾、なに女みたいなこと言ってんだよ。責任取って結婚でもしろっての？」

理解のできない展開。呆れを隠そうともせずに言えば、きーきーと金切り声で捲し立て始めかねない男は、いい案がみつかったとでもいうように、力強く頷いた。

「そうしてください」

「は……」

「結婚は法律的に無理ですけど、こうなったら僕と交際でもなんでもしてもらうことにします」

「はぁ……!?」

嘘だろうと返す言葉も出ない。

どういう理論展開だ。森尾が腹立たしさから言っているのは火を見るより明らかだった。

ある意味、鋭い。一番の泣き所、滝村のウィークポイントを的確に一突きだ。森尾への好意の有無に関係なく、『責任』なんて言葉で自由恋愛を制約されるとあっては、悲鳴を上げて逃げ出したくなる。

「お……おまえさ、嫌がらせにしたってなにも自分の首まで絞めることないだろ。な、考え直せ?」

「考え直しません。僕が夜中に足がなくて困ってたら、いつでも車飛ばして迎えに来て、会社で嫌なことあったら夜中でも朝方でも二時間でも三時間でも愚痴に付き合ってもらいます。クリスマスや誕生日は物品をください。三万円以下のものは却下です」

「おま、おまえ……それ、なんか間違ってないか? 世の中の男女交際を勘違いしてるだろ……いや、おおむね間違ってなくもないのかもしれないけど……」

どこから訂正したものか。それより、責任の取り方をどうやって改めさせるべきか。

おろおろと焦っていると、傍らで携帯電話の着信メロディが鳴り始めた。自分の脱ぎ捨てたジャケットのポケットの中だ。

こんなときにと思いつつも、取り出して電話のディスプレイを見れば、滝村はすぐに顔も声もにこやかになる。いつ何時も女性には優しくあってこそフェミニストだ。

「はいはーい、滝村さんの携帯です。ああ、まりたん、ごめんごめん今ちょっと取り込んでてさ、うんまた後で連絡するね」

通話を終えた途端、森尾に無言で手を差し出された。促《うなが》されるまま電話を手のひらに乗っけてから、事の理不尽さに気がつく。

自分はなんだって携帯電話を渡さなくてはならなかったのか――

「アドレス消します。暗証番号は？」

「は？」

「責任取るなら、もう女性の電話番号は必要ないでしょう」

意味を理解するのに時間がかかってしまった。

理解した途端、声が裏返った。

「はぁ!? なに言ってんだ、おまえ！ それはそれ、関係ないだろ!?」

「責任取りながら女遊びができるとでも思ってるんですか？ あ、暗証番号、デフォルトのままみたいですね。こういうのは買ってすぐに変更しておくものです」

「ちょっ、待て、待てっ、仕事関係の番号だって入ってんだぞ！」

「仕事関係なら名刺があるでしょう。多少の不自由ぐらい、責任の一環です」

「ああっっ!!」

信じられない。手に戻ってきた携帯電話を確認した滝村は悲鳴を上げる。

「う、嘘だろ、本当に消しやがった……お、おまえ、何百件データ入ってたと思って……」

可愛い顔して恐妻か。ふふんと鼻を鳴らしそうな顔で森尾は笑っている。

メガネはなくとも、小生意気ですかしたいつもの森尾だ。

赤い眦《まなじり》をしながらも笑ったその顔には、滝村はほっと胸を撫で下ろした。いくら可愛くともやっぱり泣き顔は胸が痛む。しかし、この恐るべき事態をどう処理すべきなのか、起き抜けの頭ではいい案など出てくるはずもない。

考えようとしても判らないとなると、滝村はとりあえず『まぁ、いいか』と思った。どんな状況にも一つくらい救いが残されているものだ。

そういう関係になるのなら、これからも昨晩みたいなことをしてもいいということではないか。また可愛がったり泣かせたり、あれやこれや……昨日は気が急《せ》いてできなかったようなことも、これから——

そう考えれば悪くない話だ。

アドレスが空っぽになってしまった携帯電話にも、早くも立ち直りを見せる滝村は、どんな困難な状況でも光を見出《みいだ》せるタフなプラス思考だった。


翌日になっても、森尾の気が晴れることはなかった。

空は連日晴れ渡っているが、心は曇天……いや、どしゃぶりの雨模様。雲が切れ間を見せて笑ったところで、少し経てば再びどんより沈み始める。

明らかにマイナス思考な人間の典型である。

出勤は、ずる休み明けの人間の気分だった。

いつもより少し早い時間に出社して机についた森尾は、そわそわと落ち着かない気分を味わう。小中学校からこのかた無遅刻無欠席。皆勤を誇りとして生きてきた森尾には、ずる休みの気持ちなんて本来知るはずもなかった。滝村が起こした問題さえなければ。

欠勤は体調不良を理由にした。

本当の理由なんて言えるはずもない。

恥ずかしいやら、泣きたいやら。腰に違和感を感じていたのは半日くらいで、どうやら怪我をしているわけではないらしい。

『無理矢理じゃなかった』という滝村の言い訳が一瞬本当なのかと思ったけれど、そんなことあるわけがない。

最中についてはぼんやりとしか覚えていない。

確かに、痛くはなかった気がする。なんとなくではあるけれど、エッチなことをしている自覚はあった。自覚と言っても、夢の中としか思えない感覚で、波間にでも浮かんでいるみたいにふわふわくにゃくにゃと気持ちのいい感じがして――

生々しくそんなことを考えてしまっては、家でも『ぎゃあっ』とタンスの角に小指でもぶつけたみたいに森尾は騒ぎ出しそうになっていた。

考えるとまた、会社であろうと悲鳴を上げたくなる。

どうにか心の中に留《とど》めたのは正解だ。

「おう森尾、もう大丈夫なのか？」

不意にかけられた声に、森尾は飛び上がらんばかりに驚く。声をかけてきたのは、向かいの席の上芝だ。

「な、な、な、なにがですか？」

驚くにしても『な』が多過ぎだ。会社に出勤したとは思えないほどラフな半袖Tシャツ姿の男は、席に着きながら怪訝《けげん》そうな顔をした。

「なにがって病気だよ。昨日、具合が悪くて休んだんだろ？ 熱出したって編集長から聞いたけど」

「ああ……ね、熱……そ、そうなんです、もう生まれてこの方出たことないってくらいの高熱で、昨日は休むしかなくて……み、みなさんにご迷惑かけるのではと思ったんですけども、どうしようもなく！」

「ご迷惑って、一日休んだくらいで大げさだな。入稿日でもないし、謝るほどじゃないだろ。俺もなにもしてないけど……ああ、西山さんがおまえの代わりに問い合わせ受けてたな」

「そうですか、あとでお礼を言っておきます」

「ん、それがいいな」

今日は取材先に直行なのか、まだ空の隣席をちらりと見た森尾は溜め息をつく。

他人にまで迷惑をかけてしまった。

これというのも、すべてあの男のせいだ。

思えば出会いから印象は最悪だった。滝村とは一度も部署を共にしたことはない。けれど、社内で早いうちからその存在を知っていた。

早いもなにも、入社式のすぐ後の話だ。

二年と五カ月前、かねてよりの希望だった出版社に入社し、社外のホールで開かれた式から戻った森尾が、うっかり二つも上のフロアに行ってしまったのが事の発端だった。意気込んで挨拶しながら飛び込んだフロアで間違いを指摘され、顔から火を噴きそうなほど恥ずかしい思いをして駆け下りた非常階段で、今度は焦って足を踏み外した。

ドドドドと落下。どんくさいことこの上ない。幸い数段落ちただけですんだものの、落としたメガネが見つからずに床に這いつくばる羽目になった。

「えっと、メガネ……メガネ……」

漫画みたいな情けなさだ。

極度の近眼で、メガネなしには大きなものの輪郭がぼんやり見える程度でしかない。

泣きそうな思いで探していると、頭上から男の声が聞こえた。

「それじゃないのか？」

誰か下りて来たらしかった。

「ほら、これだろう？」

恥ずかしさのあまり顔も上げられないでいたところ、拾ってくれたらしい男の手がぬっと眼前に伸びてきて、メガネを差し出されたのが判った。

「あっ、ありがとうございます」

森尾は俯いたままメガネを装着し、恐る恐る顔を上げると書類のバインダーを小脇にした男が傍らで見下ろしていた。

「あれ、君、さっきうちのフロアに来てた……もしかして階段から落ちたのか？　大丈夫か？」

「だ、大丈夫です」

慌てて立ち上がり、バツの悪い思いで応えた。男はどうやら今しがた間違えて飛び込んだ編集部の男らしかった。

「見ない顔だけど……ああ、今日入社式だっけ。新入社員？」

「はい、第二編集部に配属になりました森尾と申します」

「文芸ね。俺は滝村、五階で『lunedi《ルネディ》』の編集やってるよ。よろしくな」

「はい、よろしくお願いいたします！」

「なんだよ、なんか硬いなぁ。軍隊じゃないんだからさ」

滝村と名乗った男は、眦を下げて笑った。

度重なる失態を馬鹿にする様子はない。真っ平らに綺麗に並んだ白い歯が印象的な爽やかな笑顔だ。全体的に甘い整った顔立ちで、優しげな空気を纏《まと》った男だった。

――いい人そうだな。

そのときはそう思った。

なんだかやけに小綺麗な男だとも。

服装は森尾のようなスーツではない。チノ素材のカーキに近いベージュのテーラードジャケットにパンツ。ストライプ柄のシャツは極ありふれたドレスシャツのようなのに、こなれた雰囲気がある。

服にまるで興味のない森尾は、具体的にどこがどうなのか判らなかったけれど、男のセンスがいいのは判った。自分の配属先の第二編集部にはいないタイプだとも。

小脇にした日本製ではなさそうな赤いバインダーすら見栄えがする。

「ネクタイ曲がってるよ」

「あ……」

森尾は伸ばされた手にびくっとしてしまった。

「ん？　なんか変な結び方してないか？　どうなってるんだ、これ」

「あの、じ、自分で直しますから……」

「ああ、首に回したのが途中で裏返ってんだよ。いいから、ちょっとじっとしてろ」

探る男の指に妙に緊張した。触れる指先をシャツ越しに感じて心拍数が上がるのを、きっと過保護な親以外にネクタイを直されるのなんて初めてだからだと、森尾は思った。

男は身を屈めるようにして顔を近づけていた。背の高い男に近距離で見下ろされるのは苦手だ。威圧感を覚えるし、身長に恵まれなかったコンプレックスも刺激されてしまう。

けれど、不思議とそのとき嫌な感じはしなかった。

ただ息が止まりそうなほどの鼓動の高鳴りに戸惑う。

ちらとメガネ越しの目線を向けると、男の顔が思いがけないほど近くにあった。

やや明るい髪色に目の色。眼窩《がんか》の深さも少し日本人らしくない。

目が合うと男が笑んで、ますます妙に鼓動が速まり胸が苦しくなる。

「しかし地味なネクタイしてんなぁ。紺のスーツにグレーのネクタイなんて、陰気に見えてもったいないのに」

グレーというより鼠《ねずみ》色という言葉がぴったりのネクタイだ。無難に走るうちに選んだ小紋柄も遠目には無地にしか見えず、野暮ったいメガネと相まって地味極まりなかった。

きゅっと仕上げに結び目を整えた男がネクタイに手を滑らせ、胸元を掠《かす》めたその手の甲に森尾は狼狽《ろうばい》した。

「もっ……もういいです、結構ですから！」

動揺して手を払ってしまい、咄嗟《とっさ》に発した声も尖《とが》っていた。

笑んでいた男の顔が微妙に歪《ゆが》む。

「そんなに嫌がることないだろう。せっかく先輩がアドバイスしてやってんのにさぁ」

先輩。些細《ささい》な単語にも森尾はどきっとしてしまった。

学生時代は部活もサークル活動もやっていなかったので、先輩後輩なんて関係に馴染みがない。

「せ、先輩って……でも第二編集部の方ではありませんよね」

男の顔は、今度は明らかにしかめっ面になった。

小さく溜め息をつく。

「なんだそれ、文芸じゃなきゃ先輩とも認めねぇよってことか？」

「そ、そういうわけじゃ……」

「あそこの連中、いけすかない奴ばっかりだけど……なんだ、新人までこれかよ。まぁ俺だって、おまえみたいな後輩は願い下げだけどね」

それまで優しく接していた男の突き放した物言いに、ひやりとなった。

「おまえみたいって……ぼ、僕のなにを知ってるっていうんですか？」

「見れば判る。スーツがダサい。着こなせてない」

まさかそんな直球で外見を貶《けな》されるとは思いも寄らない。手のひらを返したみたいに冷たくなった男に、森尾も剣呑な言葉を発した。

「それは不慣れですみません。でも、スーツを着るのは今日だけですから。明日からは普通の格好でいいって言われてますから！」

「ああ、そうだった。けど、どうせ微妙な格好してくるんだろう？　べつに着飾る必要はないけどさ。おまえが着る服が想像つくね。二、三年前の流行の中で汎用性が効いて広く一般受けしたライン。そういうデザインは一年遅れくらいで量販店が大量生産して、二、三年後には誰も見向きもしないほど安く投げ売りされるからなぁ」

なにかの腹いせであるかのように男は矢継ぎ早に言った。

「量販店で服を買っちゃ悪いんですか？」

「べつに。悪くないよ？　俺はただ事実を言っただけ」

小馬鹿にされたように感じられ、森尾はむっとなった。明確な意図をもって男を脇に押し退《の》けようとする。

「どいてください。もう行きます」

「べつにおまえを引き止めたつもりはないけどね、メガネくん」

「め、メガネ……人をそんな呼び方するってどうなんですか？」

「おまえは人を非難する前に言うべき礼があると思うけど？」

こんな非常階段の踊り場でつまらない押し問答を始めるに至ったきっかけを思い出せば、分《ぶ》が悪くなる。

「でもネクタイはあなたが勝手に直しただけですから。メガネを拾ってくださったのには礼を言います。ありがとうございました」

「うっわ、可愛くないねぇ……とっとと行け」

しっしっと手でも振りかねない勢いで男は言い捨て、森尾は追い払われるまま階段を先に駆け下りてその場を後にした。

――最低、としか言いようのない出会いだ。

途中まで普通に好感を覚えていたのに。滝村にしても、べつに自分を馬鹿にした様子もなかったのが、最終的には邪険な態度を隠しもしなかった。

あれから二年以上、関係は悪くなりこそすれ、よくなんてなっていないはずだった。

それなのに――

出会いまで記憶を遡ったところで、結局戻りつくのは昨日の出来事だ。

自分のことなど好きでもないくせに、あんなこと。

むしろ嫌っていたくせして……そう考えると、腹立たしさや恥ずかしさだけでなく、なにか胸にチクチクとした不快感を覚える。あのとき非常階段で、打って変わった冷たい言葉を投げかけられたときのように。

「森尾、おまえやっぱ今日も休んだほうがよかったんじゃないのか？」

机越しの声に、森尾ははっとなった。

気づけば心配げな顔をして上芝が自分のほうを窺っていた。

「え？」

「本当にもう出てきて平気なのか？　なんかぼうっとしてっけど、まだ熱があるんじゃないのか？」

「ちょ、ちょっと眠いだけです」

「そうか？　ならいいけど、おまえ変に真面目過ぎっからなぁ。無理すんなよ？」

そんな風に心配されるとは意外だった。上芝にとって、自分は頭の固い鬱陶《うっとう》しい後輩でしかないと思っていたのに。

「ご心配おかけしてすみません」

「いや、べつに俺はなんにもしてないし。つか、おまえってホント硬いなぁ」

ははっと笑った上芝の顔がよく見える。

以前は荷物が壁を作っていた互いの机の間は、この数日で随分と見通しがよくなった。上芝が片づけているからだ。森尾が望んでいた整理整頓ではなく、隣のビルに移るための作業である。

九月末付の異動が決まり、編集部を抜けることになったのは上芝だ。異動先は、本人がかねてより希望を出していたネイチャー系雑誌を扱う第五編集部。上芝はアウトドア派で地球と自然をこよなく愛する男である。

インドアで休みは家に籠《こも》って本を読み耽《ふけ》るのが好きな森尾には、理解し難い。

上芝は滝村とも似ていない。二人は同期入社だと聞いているけれど、共通点は一つもない。かといって、不仲な様子もなかった。上芝は人懐こい大型犬みたいな男であるから、誰とでも親しくなれるのかもしれない。

「上芝さんって、あの人と仲よさそうですよね」

じっと向かいを見つめて言うと、身を屈めて机の傍らに積んだ段ボールの中身をごそごそとやっていた男が顔を起こした。

「あの人って？」

「……うちに毎日のように押しかけてきてる人です」

口にするのもおぞましいとばかりに森尾は滝村の名を濁す。

「ああ、滝村？　仲って……べつに悪くないけど、特別よくもないかな。社内で会ったら話すくらいだし」

「上芝さんも、なにか言われたことあるんですか？」

「なにかって？」

いちいち歯切れの悪い物言いをする森尾を、上芝は身を起こして怪訝そうに見返してきた。

今日もラフな格好の男は、滝村のように外見に拘《こだわ》っているようには見えない。

「その、服装のこととか……あの人、『lunedi』の編集だからって、他人の服にまで口出してきて煩《うるさ》いじゃないですか」

「口出すって、滝村が？　言われたことないけどなぁ、そんなの。女子社員の服なら褒めてるとこ何度も見たけど……だいたい、人に文句言うような奴じゃないし。あいつは人と衝突するのが嫌いなんだよ、だから誰にでも愛想いいだろ？」

庇《かば》っているわけではないのだろう。

実際、社内で見かける滝村といえば概《おおむ》ね機嫌がいい。部署が違うから仕事姿がほとんど目に入らないのもあるけれど、誰かを叱咤《しった》するところはちょっと想像がつかない。温厚というより、そんな振る舞いはスマートでなく格好悪いと考えていそうな気がする。

「でも、僕は違いましたけど……」

一気にトーンを落とした森尾の呟きは、独り言になってしまい、上芝には届かなかったようだった。

——自分くらいか。

滝村があんな態度を取っていたのは。

薄々気がついてはいたけれど、再確認すればいい気分ではない。それで急に昨日のようなことになったのは余計に訳が判らないし、嫌がらせの一環だったのではないかとさえ疑ってしまう。

さすがにそこまで捻《ひね》くれた男ではないはずだと思いつつも、腹が立つやら気が沈むやらで、その後は森尾は溜め息をついてばかりいた。


仕事は休み明けでも通常と変わらなかった。

午後ともなれば森尾が昨日休みだったことなど皆完全に忘れてしまった様子で、編集長の田之上に至っては、最初から遠慮する気配もない。

作りかけていた次号のスイーツコーナーの記事を完成させて机に持って行くと、あっさりボツを食らった。

「だから、もっと変化がほしいのよ。そつなく纏まってるとは思うけど、ぱっと目を引くものがない感じがしない？」

窓際のデスクに座った女編集長の田之上は、二度と目を通すこともなく言ってくれる。

「レイアウトですか？」

「そんな表面的なことを言ってるんじゃなくて！」

森尾にはピンとこなかった。普段と変わらぬ記事を纏めたつもりだ。編集部内では一番の下っ端だが、もう二年目になるのでそれなりにコツは摑《つか》んでいる。

スイーツはどの店も季節を意識したものが多い。秋は定番の栗やパンプキン。各店の一押しの品を中心に、変わり種の季節メニューも盛り込んでみたつもりなのだが、お気に召さなかったらしい。

一度仕上げたと思った原稿がダメ出しを食らうのは、珍しくないとはいえその度に脱力する。机に戻った森尾は、再びパソコンに向かったが気持ちが入らなかった。

甘いものは嫌いじゃない。けれど、森尾自身はコンビニスイーツや昔ながらの定番菓子で充分という舌だ。この仕事を任されるまでデパ地下グルメにも興味がなかったし、女性みたいに雰囲気のよさや見た目の華やかさでカフェやスイーツを選ぶことはもっとなかった。

なんとなく、そういう自分の身の入らなさが記事に出てしまっているのは判る。でも、仕事であるという以上に惹《ひ》かれないものはどうしようもない。

ちまちまと記事の体裁を変えたところで無駄な気がして、森尾は立ち上がった。

定時を過ぎている。気分転換に近くのコンビニにでも行こうと思った。

財布だけを手に、エレベーターで階下へと下りる。一階の広々としたエントランスを足早に過ぎろうとした森尾は、聞こえてきた声にはっとなった。

「ホント、運が悪かったっていうか、確認したときは頭が真っ白になったよ」

あまり耳にしたくもない男の声だ。

滝村の姿なんて見たくもなかったけれど、話の内容が耳に入ると気になった。柱の陰に身を寄せてそっと様子を窺えば、滝村は受付で美人と名高い受付嬢の坂巻と話をしている。

仕事も終わる時間で、開放的な気分なのだろう、高い女性の声はホールに大きく響いた。

「えー、ケータイって落としただけでデータ飛んじゃったりするんですか？」

「んー、打ちどころが悪かったのかな。本当に災難っていうか。それで悪いけどもう一度君のアドレス教えてくれる？」

なにをやっているのかと思えば、例の携帯電話をカウンター越しに差し出している。自らの悪行が招いたくせして、どうやらアドレスデータを失ったのをまるで災厄にでもあったかのように話しているらしい。

「判りました。じゃあ、はい赤外線通信」

「待って待って、今待機するから！」

「送りますよ〜」

「あ、携帯もっとこっち向けて。俺の、ちょっと感度悪いから。そうそう、押し当てるくらいがいいんだよ……あ、きたきた！」

――なんの会話だ。

そう突っ込みたくなるほどに、女子社員ときゃっきゃと話をしている男は、昨日のことは完全に忘れ去ったたいい笑顔だ。さらに隣にいる受付嬢にまで愛想を振り撒く。

「それじゃ、次は岡野《おかの》さんもお願い」

「え、私は元々滝村さんに番号教えてませんでしたけど」

「そうだっけ？　じゃあ、ちょうどよかったね。岡野さんにアドレス教えてもらえるなら、データ失《な》くしてよかったかも？」

ずうずうしさもここまでくると特技だ。そんな嬉しそうな顔で言われて断る女性もそうはいないだろう。

柱の陰の森尾は愕然《がくぜん》とその光景を見ていた。

呆れる。呆れるほどにまったく反省の色がない。

自分に今日も一日ずっと最悪の気分を味わわせておきながら、ピンチさえチャンスとばかりに女性のアドレスを集める滝村に、憤怒するのは当然だった。

——このままにしておくものか。

ぽかんと半開きになりかけた唇を嚙み締め、森尾は誓った。


「失ってみて判ったよ。当たり前にそこにあると思っていたものの存在の大きさが」

歌の歌詞でもなぞらえるかのように、カウンター席の滝村は言った。

店は女性好みのバーだ。同伴するに相応《ふさわ》しい美女もいる。仕事関係で出会ったものの、互いに忙しくてここしばらく会えないでいた女性は、滝村のキザったらしい言葉に細い身を竦ませるようにして笑った。

「大げさね、アドレスの話でしょ？　そんな風に言われたら口説かれちゃってるみたい」

「そう思ってもらっても全然構わないけど？」

元は確かに携帯電話のアドレスの話だ。プライベートのアドレスが判らなくなってしまったと、名刺を頼りに会社経由で連絡したところ、『せっかくだし仕事帰りに会わない？』なんて話になった。

「嬉しいな、君に久しぶりに会えるなんて。しばらく会わないうちにまた綺麗になってて驚いたよ」

滝村はグラスを口元に近づけながら微笑む。ロックグラスの琥珀《こはく》の液体の中で氷が涼やかな音を立て、肘が触れるほど傍に座った彼女はまんざらでもなさそうに笑みを返した。

「まぁた、そんなこと言って。ホント、口がお上手なんだから」

そう言いつつも嬉しそうな顔だ。

滝村は学生時代にヨーロッパへの海外留学経験がある。そのためか生まれながらの気質か、いつ何時も女性を褒めまくるという、シャイな日本人男性らしからぬサービス精神を持っている。たまに胡散臭がられたりもするけれど、概ね女性の反応は良好だ。

褒め言葉は嘘ではない。本気で褒められて嬉しくない人間がいるはずもない。

「本当だよ。こんなデートができるなら、アドレスなくしたのは幸運だったかもしれないね」

「あら、これってデートだったの？」
「違うの？」
「ふふ、滝村さんに食事をご馳走《ちそう》になってちゃっかり利用しようって魂胆《こんたん》かもよ？」
「君はそんな意地悪ができる女性じゃないよ。俺に一人で枕濡らして泣かせたくなかったら
さ、今夜は……」
「……今夜は？」
小首を傾《かし》げた彼女の長い髪が、誘うように揺れる。淀《よど》みなく口説き文句を並べようとして
いた滝村は、眉根《まゆね》をぴくりと寄せた。ジャケットの胸ポケットの内で携帯電話が震えており、
一瞬迷った後に取り出す。
画面を確認した滝村は、ますます怪訝な顔となって耳に近づけた。
表示されていたのは意外な名だ。
『森尾です』
「あ、ああ」
『今、仕事終わったところです』
電話をかけてくるとも思っていなかった相手は、淡々とした口調で訊いてもいないことを
一方的に語ってくる。ちらと確認した時計は十時過ぎで、けして早いとは言えない時間だが、
忙しい出版社勤務であるから別段珍しい退社時刻でもない。

「そっか、おつかれ……で、どうしたんだ？」

『終わったから電話をしました』

さらりと告げられた理解不能の言葉に、滝村は少し考えを整理したい気分になった。

視線を泳がせ、耳元から離した電話を一呼吸置くかのように腿の辺りで伏せれば、隣から女が不思議そうに尋ねてくる。

「どうしたの？　誰から？」

「会社の……後輩。ごめん、ちょっと待ってて、外で話してくる。すぐ戻るよ」

返事も聞かずに立ち上がり、足早に店の出入り口へと向かう。小さなエレベーターホールに出た滝村は、今度は飛びつく勢いで話し始めた。

「森尾、俺は今夜おまえとなにか約束してたか？」

『いえ、特には。今日は休み明けで仕事が忙しくて、編集長に原稿の直しも言い渡されて遅くなってしまいました。じゃあ、よろしくお願いします』

「よろしく……ってなにを？」

『迎えです』

「……は？」

『迎えに来てください』

「って今から？　俺が？」

『そうです。あなた以外に誰がいるんですか』

「ちょっと待て、待てよ……え？　どういうことだよ？」

唐突過ぎてついていけない。店内に視線を向ければ、カウンターで手持無沙汰そうにしている彼女が自分の様子を窺っていて、思わずまずいところでも見られてしまったみたいに背を向けた。

滝村は小声になりながらも問う。

「森尾、もしかしておまえ具合でも悪いのか？」

『いえ、疲れたので今日は車で帰りたいと思っただけです。来てくれますよね？』

「来てって……俺は今忙しいんだ。それに今日は車じゃない」

『タクシーで来ればいいじゃないですか』

「はぁっ⁉　タクシーって、なに考えてんだおまえ」

パンがなかったらお菓子でも、みたいな言い草だ。

話せば話すほど混乱する滝村に対し、電話口の森尾はまるで感情を切り捨ててしまったかのような冷ややかな声を響かせる。

『僕はあなたに迎えに来てほしいんです』

「意味が判んねぇよ。俺は忙しいんだって、今夜は非常に手が離せない。タクシーだったら自分で拾って帰ればいいだろう。なんなら俺が呼んでやるから……」

女性とのデートを途中放棄するなんて、有り得ない。なんのことやら判らないこのトラブルは後で収拾しようなんて、虫のいいことを思っていると、鋭い一言を突きつけられた。

『責任』

単語一つに滝村はびくりとなる。

『滝村さん、責任取るんでしたよね？』

「ああ、それはまぁ……取る。ちゃんと、取るつもりでいるよ？」

『そうですか。じゃあ、お願いします』

「え、あっ、ちょっと待てってて っ……」

ぷつり。有無を言わさず電話は切れ、折り返したところで好転しそうもない事態を前に、滝村はしばし呆然《ぼうぜん》と電話を見据えた。

昨日の朝、森尾が言っていたことを思い出す。

そういえば、帰りが遅くなったら迎えに来てもらうとかなんとか言っていた。独自の恋人の定義を振りかざし、なにやら大きく歪曲された男女交際に呆れていたけれど、あれは本気だったのか。

――僕ときっちり交際してもらいます。

あの言葉の後も怒りは収まらなかった。『もう少し休んでいけば』と引き止めても森尾はとっとと帰ってしまい、それきりだったからてっきり毒虫みたいに嫌われたのだと思っていたのに――

俺に会っても構わない気持ちがあるってことか？

無駄に逞《たくま》しいプラス思考で答えを導き出した滝村は、女に平謝りして別れるときは不運を呪っていたものの、店を出て乗ったタクシーで会社に着く頃にはもう前向きになっていた。

大喜びとまではいかなくとも、嬉しげに出迎える森尾の姿を想像した。

けれど、実際に待っていたのは、にこりともしない渋っ面だ。編集部のフロアではなくエントランスにいたのは待ち侘《わ》びていたからだろうに、自分を目にした途端にあからさまに嫌そうな顔をする。

「どうも。案外、早かったですね」

それだけ言って、後部シートに乗り込んできた。

「お、おう」

「運転手さん、お願いします」

発進するよう大まかな行き先を告げる森尾は、隣の自分にはもう知らん顔だ。

滝村はめげずに様子を窺ってみる。

「仕事疲れたって、大丈夫か？　電車で帰るのがきついってよっぽどじゃ……」

車窓越しに差し込む街の明かりがメガネに反射し、森尾の表情は読みづらい。身を捻って正面から覗き込もうとすると、煙たげに言い捨てられた。

「お喋りは結構です」

「結構って……」

「ああ、それじゃ通じないんでしたか？　もっとはっきり言います。迷惑って意味です」

皮肉を言ったが最後、沈黙する。一ミリでも遠退《とおの》こうとするかのように捩《よじ》った身を窓に寄せ、華奢な背中まで見せて、こちらの存在をきっちり全力で無視だ。

――なんなんだ、一体。

再び森尾が口を開いたのは、自宅が近づいてきてからだった。タクシードライバーに細かい行き先を指示し始め、アパートの前に到着してしまえば、『それじゃあ、どうも』とあっさり降車する。

「も、森尾、ちょっと待てよ……」

「手、挟みますよ。運転手さん、閉めてください」

笑みどころか、『おやすみなさい』の一言もない。バタンと鼻先で閉まったドアに、滝村は呆然となるばかり。

「……なんなんだ、一体」

疑問がついに口から飛び出すのも無理はなかった。

デートを中断させてまでわざわざ迎えに来させておいて、タクシードライバーとの会話のほうが自分より多いくらいだ。

「お客さん、次はどちらへ？」

階段を上る森尾の後ろ姿。窓越しに口を半開きにしそうな表情で見つめる滝村に、運転手は急かすように言った。


十月も半ばになると、秋も深まり夜の冷たい空気は澄んで感じられる。

フロントガラス越しの夜空には、綺麗に満ちた月がずっと浮かんでいた。

「それじゃあ、どうもありがとうございました」

揺れる月を見続けていた森尾は、車が停車すると運転席に向かって言う。

もうすっかり言い慣れた言葉だ。ぺこりと頭を下げることもなく口にして降りようとすると、逃がさないとばかりに伸びてきた手にがっしりと腕を引っ摑まれた。

「いいかげん理由を説明しろ、森尾」

「理由って、なにがです。疲れたから送ってほしいとお願いしているだけでしょう」

「おかしいだろ、こんなの！」

自宅アパートの前に停まった車は、タクシーではなく滝村の車だ。森尾がこの二週間あまりの間に度々呼びつけるため、滝村は諦めたように自分の車を用意して送ってくれるようになった。車通勤でこのところ酒も飲んでいないに違いない。

ストレスも限界といったところか。

「時間構わず呼びつけやがって。それも俺が早く帰ったときばっかりじゃないか！」

嫌がらせの域、というより明確な嫌がらせだ。

仕事を終えて帰る間際、森尾は普通であれば用などあるはずもない上階の第四編集部をそっと覗き、滝村が先に帰宅していれば電話をかけた。退社時間の早い日は、女性と会っている確率が高いと踏んでのことだ。

「そうでしたか？」

「惚《とぼ》けるなよ、俺だってそんなに暇じゃないんだ」

「仕事の邪魔をした覚えはありませんが」

「仕事じゃなくったって忙しいこともあるんだよ。何度も何度も狙いすましたみたいに人のデー……じゃ、邪魔をしやがって」

言い淀んだ男の顔を、森尾は侮蔑《ぶべつ》の目で見る。

「僕の存在が問題ですか？　交際してるんですから、一緒に帰るのはなにもおかしなことじゃないと思います」

ふっと掴まれていた腕が自由になった。怒るのかと思いきや、手の力を緩めた男はただ小さく溜め息を零す。

「付き合うったって……おまえ、俺に興味なんてないだろ？　好きでもなんでもないのに、ただ意地で俺を振り回そうとしてるだけじゃないか」

あんなことをしておいて、常識を諭《さと》される覚えはない。

だいたい、好きでもないのに手を出したのはそっちじゃないかと思う。連日連夜のように呼び出されて、不満を溜め込んだ男がなにを言いたいかくらいは察しがつく。

「それは面倒くさいことはやめてそろそろ金銭でかたをつけたいと、そういうことですか？」

「違う！」

響いた大きな声に、森尾はびくっとなった。

脅《おど》かすつもりはなかったらしく、薄暗い車内に見たのは滝村のバツの悪そうな表情だ。

「そんなこと誰も言ってないだろ。なんでも皮肉で返すな。ていうか、こんなの違うだろ。付き合ってるっていうなら、まともに話ぐらいさせろよ」

「話って？　今だってしてます」

「こんなのはタクシー運転手との会話以下だ。俺がおまえと交際してるってんなら、呼びつけて送らせるだけじゃなくて、部屋で茶を出すくらいのことはするだろフツー。交際面倒くさがってんのはおまえのほうだ」

「ここは路上駐車は禁止です。車なんて停めておけません」

「駐禁ねぇ……あっ、森尾……」

ドアを開けると運転席からやや焦った声が聞こえた。

森尾はそのまま路上に降り立ちながらも、背後に向けて言った。

「コインパーキングならその先にあります」

自分がどうしたいのか、正直滝村は判ってはいなかった。

ただ訳も判らず振り回されているのが嫌で、単なる嫌がらせのくせして『交際』なんて二文字を振りかざすもんだから、ついムキになってしまった。

教えられたとおりに住宅街の小さなパーキングに車を停め、アパートの二階の端の森尾の部屋へと向かう。締め出されて『入れるわけないでしょ、なに調子に乗ってんですか』とか、『バーカ、騙《だま》されてんじゃねぇよ』などと森尾らしくない乱暴な暴言まで吐かれるのを階段を上りながら想像したが、思いがけずドアは普通に開いていた。

そして普通に、愛想のない声を中からかけられる。

「……どうぞ、ちらかってますけど」

「ああ……うん、おじゃまします」

なんだなんだと、自分でもうろたえるほど妙な緊張をした。中学生のときに近所の大学生の綺麗なお姉さんと親しくなって、一人暮らしの部屋に招かれたとき以来の焦りだ。

「綺麗にしてるじゃないか」

一間しかない部屋は味気ない。ベッドにピンクのカバーがかけられていたり、ロマンティックな白いドレッサーに化粧品がごちゃごちゃと並べられていたりもしない。

無駄なものはなさそうな部屋だった。

「なんていうか……質素に暮らしてるんだな」

「贅沢するほど余裕ありませんから」

仕事柄、通勤の利便を考えて会社からそう遠くない場所に住んでいるのだろう。確かにワンルームでも安くないのかもしれないが、生活が苦しいはずはない。

結局、部屋を飾るものなど興味がないといったところか。

かといって、殺風景すぎるわけではなかった。窓やドアのない左右の壁は、一面を本棚が覆っている。紙の持つ温かみのためか、はたまた読みかけの本がベッドの脇やテーブルに積まれているからか、妙に落ち着く部屋だった。

モスグリーンのカーペットの上に腰を下ろしながら、滝村はぐるりと周囲に視線を一巡させて言う。

「本ばっかりだなぁ」

ただ、ありのままの感想を述べただけだ。皮肉ったつもりはない。けれど、ちらとこちらを見た目は責めるような眼差しで、なにか誤解されたと気づいたものの、森尾はすぐにキッチンのほうへと引っ込んでしまった。

滝村は、しばし大人しく待つ。

「森尾、さっきのはな……」

弁解の隙《すき》は与えられない。

「飲んだら帰ってくださいね」

ドンッと本当に擬音そのままの音を立て、ローテーブルに茶が出てきた。来客用なのか品のいい桜模様の湯のみだが、衝撃に盛大に緑茶が溢れる。

「……輪染みになるぞ」

木目の天板の上から、滝村は濡れた湯のみの縁を親指と人差し指でそっと持ち上げながら言った。

「早く帰ってもらえれば、早く拭けます」

「ブレない奴だなぁ。四六時中ツンツンしてて疲れないか？　森尾、そんなに俺が嫌いなのか？」

「好かれる理由があると思いますか？」

小さなテーブルの向かいに座りながらも、森尾が不機嫌な態度を崩すことはない。

「ある……って言えないところが辛いけど、だったら俺に関わらなければいいだろう？　俺はな、これでもちゃんと付き合う気があったんだ。おまえが責任取れって、交際しろって言うから、それもいいかな……い、いや、おまえが納得できるようにしようって。なのに森尾、おまえときたらむすっとしてばっかりで、ろくに口もききやしねぇし……」

そういう関係になるなら、これからもあれやこれや……させてもらえんのかな、なんて淡い期待を抱いていたのは秘密だ。

森尾は疑わしい目でこっちを見ている。

「そうですか。その割に、最初から誠実な交際を考えてもらってるようにはみえませんでしたけどね」

「え……」

「僕に隠れて女の人と会ってるでしょう？」

突かれたのは完全なる盲点。退社後の自分の行動を、森尾が知っているとは思わない。

「隠れてって……べ、べつに隠してるつもりはない。ただ成り行きで食事しようって話になったり、前から観劇の約束が入ってたり……」

「つまり浮気を認めるということですね」

「う、浮気って……」

テーブル越しに始まったのは、甘い恋人の会話とは程遠い。取り調べだ。詰問口調に押されまくり、たじたじとなってしまった滝村は、やや逆切れ気味に返した。

「だから、俺とおまえは浮気したとかされたとか、そんなこと言う関係に至ってないだろ。

おまえは俺を腹いせに足代わりにしてるだけじゃないか。奴隷《どれい》だよ、奴隷。ただの奴隷ごっこ！」

「そう言うからこうやってお茶も出してます。だいたい、交際内容に文句を言える立場だと思ってるんですか？　半月やそこらであれを水に流せると思ったら大間違いです！」

どうやら火に油を注いでしまっただけらしい。

「正直に言います。僕は今まであなたを快く思ってはいませんでした。軽薄だし軽々しいし浅はかだし、女の人とファッションのことしか考えてないように見えるし……とても尊敬できる会社の先輩ではありませんでした」

今更新鮮味もない罵倒だ。おまけに軽薄で軽々しいって、頭痛が痛いレベルの言葉遣いである。『おまえ編集者失格だぞ』とツッコミを覚えるも、これ以上刺激すると油どころかガソリンでも注いだことになりかねないので黙っておく。

「でも、それでもまさかあんなことをする獣《けだもの》だとまでは思ってなかったです」

「ケダモノ？」

「だってそうでしょう？　あなたは僕が前後不覚なのをいいことに、僕の人としての尊厳を踏みにじりました。男相手では強姦罪は適用されないかもしれませんが、立派な暴力行為です。犯罪ですよ、獣じみた犯罪ですっ！」

のんびり聞いていた滝村も、これには眉をぴくりとさせた。

随分、悪《あ》しざまな言われようだ。嫌みなのか普段どおりなのか判らない森尾らしい口調も輪をかけ、滝村はムッとなる。大げさだと思ってしまうのは、自分が森尾の言うようにいいかげんな人間だからなのか。

――だって、あのとき俺の名前を呼んだじゃないか。

確かに卑怯にも丸め込んだのかもしれないが、あのとき森尾は相手が自分だと判っていた。

「……ケダモノ、ねぇ」

滝村は飲みかけの湯のみをテーブルに戻すと、その脇を回ってにじり寄った。近づけばその分だけ身を仰け反らせる森尾は、途端に表情を強張《こわば》らせる。

「な、なんです？」

「おまえがそこまで言うなら、ケダモノになろうかと思って。送らせた男を家に入れるってどういうことか判ってる？」

「……そ、そういうのは女の人に言う言葉でしょう、ぼ、僕には関係ありませんっ」

「おまえの言うことはいちいち矛盾してるなぁ。男には無関係って言いながら、男同士で責任取って交際しろって？　だいたい一度やってんだから、二度も三度もやろうと思えばできるっての。付き合ってて浮気も不可ってんなら、エッチくらいさせんのが道理だよなぁ？」

邪魔なメガネが蛍光灯の明かりを反射して森尾の表情はよく判らなかったけれど、至近距離で覗き込めばガラス越しの目を確認できた。

ゆらゆら揺れる眸。怯えた色に、ちょっと脅しが過ぎてしまったかと思う。

本気なわけじゃない。無理矢理ことに及び、またあの朝みたいに泣かせるのは滝村の本意ではなかった。

しゃあないなぁと、身を引こうとしたところで森尾が負けじと言った。

「ぼ、僕との関係をこれ以上深めるっていうなら、母に会ってもらいます」

「……は？」

「僕は誰かとお付き合いするなら、深い関係になる前に母には紹介しようと思っていました。だからあなたにも会ってもらいます」

「……え？」

滝村の顔は一瞬にして引き攣る。

いかにも童貞らしい潔癖な考えだ。しかし今時、エッチの前にわざわざご両親に紹介されたんでは女だって戸惑う。感激するどころかドン引きだ。

それにしても、外さないというか——

「おまえって、前から思ってたけど……なんかマザコンっぽいよな」

滝村の頭を過ぎったのは、あの夜目撃した白ブリーフ。やっぱり母親に用意してもらったのかとか、今日もあれを穿いてるのかね……なんて、失礼極まりない考えを巡らせるも、そんなこととは露知らない森尾は真面目に返してくる。

「母を大切にしてはいけませんか？」

「いや、べつに悪かないよ。悪くはないんだけど……」

「本当は一人暮らしだってしたくないんです。母さんの傍に居てあげたいけど、仕事で遅くなることが多くて……夜中に帰るとずっと起きて待ってたり、起こしてしまったりするから、それで離れたほうがいいと思って家を出たんです」

「あ……そ、そうなんだ」

「それでも週末顔を出さないときが続くと、うちまで様子を見に来てくれます。炊事洗濯とか、僕の世話を焼いてくれようとして……そんな母だから恋人ができたら一番に紹介しようと思ってたんです。可笑《おか》しいですか？　僕は変ですか？」

——まさか、本物か。

マザコンまで都市伝説とは思っちゃいなかったけれど、初めて遭遇した。

「いや、可笑しいっていうか……そこまで親が大事なんだったら、俺なんかを紹介するのはどうかと……」

「母は女手一つで僕を育ててくれたんです」

「……え？」

「僕が生まれてすぐに父は病気で他界してます。僕と姉とは八つも年が離れていて、僕は高齢出産でしたから母はあまり若くもありません。でも懸命に働いて育ててくれて……だから、心配はかけたくないと思ってるんです」

森尾の語調はさっきまでと変わらなかったが、『マザコン』のバックボーンとやらを知らされた滝村は途端に気まずい気分に陥る。

自分の非を認められないほど、滝村は冷たい自己中心的な人間ではない。

「なんか……ごめん」

「滝村さん？」

「おまえ、結構苦労してたんだな。あ、いや、苦労してんのはおまえのお袋さんか。悪かったな、マザコンとか言って」

詫びると森尾は驚いた様子で、その態度はあっさり軟化する。

「……べつに、判ってもらえればいいです。滝村さん、案外素直なところあるんですね」

こっちこそ、そんな素直な反応が返ってくるとは思っていなかった。

一層気まずく感じるのはどういうことか。よくも悪くも人慣れした滝村は、相手が誰だろうと大概のことには動じやしない。けれど、森尾を前にするとどきっとさせられることがある。今までの経験がものを言わなくなる。

その筆頭は、メガネを外した瞬間だったわけだが、今は黒縁メガネはきっちり装備中というのに妙にそわそわさせられた。

へどもどしながら応える。

「えっと……まぁ、よくあることだな。ほら、俺も似たような育ちっていうか」

「似たような？　滝村さんも、母子家庭なんですか？」

「え、どっちかっていうと逆だなぁ。母親を知ってたら俺の性格は培われてなかったってていうか、たぶんあれだな、俺が女好きなのはきっと女性に理想の母親像を重ねているからなんだろう。うんうん、そう考えると辻褄《つじつま》が合う」

「父子家庭ってことですか？　お母さんを知らないから追い求めてってことですか？」

小柄な体がずいっと身を乗り出してきて、滝村は思わずやや逃げ退く。

口から出まかせ。照れ隠しでもするかのようについふざけた言葉を並べ、しまいにはオヤジギャグレベルの冗談まで飛び出させた。

「そうそう、母を訪ねて三千人って感じだな」

ひどすぎる。低レベルにもほどがある。

「それは……」

森尾は硬直した。メガネ越しの見開かれた目に、どれだけ馬鹿にされるだろうと身構える。

「知りませんでした。滝村さんにそんな家庭事情があったなんて」

「え……」

「滝村さんって、いつもノーテンキ……いえ、明るいじゃないですか。社内で見かけるとヘラヘラ……いえ、にこにこ笑ってるし、だからてっきり苦労知らずとばかり。三千人も探し歩く覚悟でお母さんに似た女性を求めてらしたんですね……少し判る気がします。男は女性に母性を求めるものだと聞きますから」

「あ、いや……」

「大丈夫ですよ。日本に女性は六千四百五十万人あまりもいます。男より三百万人も多いんです。だから三千人なんてきっとすぐで、そこまでかけなくても出会えると僕は思います」

「く、詳しいんだな……統計資料まで読んでんのか？　ていうか、そんな大層な話じゃないから」

励まされても困る。オヤジギャグを真っ向からがっつり受け止められてしまい、滝村は狼狽する。

普通信じないだろう。

つか、全力で突っ込んでくるところだ。

時々、とんでもなく森尾は純粋さを見せつけてくるときがある。先月末の上芝の転属だってそうだった。たかが隣のビルの第五編集部に仲間が異動になったぐらいで泣くなんて、特別な感情でも持っていたのかと下種《げす》な勘繰《かんぐ》りをしそうになったくらいだ。

感受性豊かとでもいおうか。山ほどの本に囲まれた部屋に目線を向けようとした滝村は、森尾がぐすっと鼻を鳴らすのを耳にした。

「え……」

「……す、すみません、ちょっと……」

分厚いメガネのガラスの向こう、眦に光った涙に、『ええーっっ』と叫び出したくなる。

森尾はあっさり涙を零していた。あのときの再現のように。

俯き加減になった男の眦からぽろっと零れた雫に、判りやすく滝村の胸はドキンとなる。

——うっわ、うわ泣いてるよこいつ。

なんて、茶化したことを思う一方で、胸はドキドキ。もう泣かせるようなことはすまいと思っていたのに、いざ泣かれてしまうと変に興奮させられる。

自分にはSっ気はないはずなんだけどな……なんて真っ当なはずの性的志向に自信を失いつつ、硬直したまま成り行きを見守っていると、濡れた頰が不快らしい森尾がメガネを外した。

うわ、きた。

やっぱり可愛い。

やっぱり……メガネを外したから？

「滝村さん？」

メガネを外したのは無意識に違いない森尾は、きょとんとした表情でこちらを見る。

滝村はまだぽろぽろと涙の零れている頰に指の背を這わせた。

「おまえって同情でもしやすいのか？　案外、感化されやすいところあるよな」

「あ、あの……べ、べつに同情っていうか……」

メガネを外した森尾の顔は、野に咲く花のように可憐だ。あるいは都会の殺伐とした夜に舞い降りた天使。

酔っぱらってでもいるかのような感想を抱く滝村は、口籠《くちごも》りながら小さな顔を俯けるその姿まで、また可愛いと感じてしまう。覗いた左巻きの旋毛《つむじ》を見つめ、自分のものになればいいのにと思った。

そしたら——あの夜のことは順番を入れ違えただけ、ということになってくれはしまいか。ツンツンしてるんじゃなくて、いつもこんなならいいのに。

「……あのな、森尾」

そろりとした声で呼びかければ、ぴくっと旋毛が動く。

「滝村さん?」

「なぁ森尾、俺はさ本当におまえのことが……」

涙の道筋は頬から唇の端へと続いていた。やや濡れたように見える唇はふっくらとしていて、『こいつの口ってこんなピンク色だっけ』とか考える。『今舐めたらしょっぱいのかな』なんて思ったら、もうなんだかいろいろ我慢できない気持ちになって、さっき頬に触れた指を今度は顎へと這わせる。

尖った顎を持ち上げても森尾は逃げない。軽く首を傾げた滝村は、そっと唇を寄せる。あと数センチ、あとほんの僅か、キスをするというタイミングで、森尾がぐすりと大きくはなを啜りあげた。

「やっぱり……可哀想です」

「か、かわいそう……？　なにが？」

「知ってますか？　マルコは本当は三千里じゃなくて、四千里もお母さんを探し歩いてたんですよ。滝村さんだって、もう三千人超えてるかもしれないじゃないですか。だって、あんなにしょっちゅう女の人に声かけてるんだから……」

――なんの話だ。

てか、マルコって誰？

幼少の頃だって女の子を追い回すのに忙しくて絵本すらろくに読んじゃいなかった滝村は、世界名作劇場なんてほぼまったく記憶にない。

頭にハテナマークを盛大に飛ばしていると、森尾のほうは盛大にぐずぐずと泣き始め、しまいにはしゃくり上げた号泣が始まる。

マルコの謎を追うどころではない。

なんのスイッチが入ったんだ、一体。

「もっ、森尾しっかりしろ。もう泣くな、さっきのは嘘だから、冗談なんだって！」

宥めるだけで精一杯となった滝村はくだらないジョークであったと明かし、森尾は長い睫毛の濡れた眸を瞬《しばたた》かせた。

「……う…そ?」

「ああ、だからそんなに泣くなって。母を訪ねて三千人も俺はやってないし、お袋は元気でぴんぴんしてるし! 全部しょうもない嘘、なっ?」

一気に畳みかければ、森尾の涙も引く。ほっと胸を撫で下ろしたところ、低くなった声がその愛らしいはずの唇から不穏に響いた。

「最低です」

「えっ……え?」

「嘘って……あなたって人は、どこまで人の気持ちを踏みにじれば気がすむんですか!」

いい雰囲気に落ち着こうとしていた時間を、自ら一息に突き崩してしまったことを滝村は悟らずにもいられなかった。

剣呑な声で森尾は言い放った。

「ちょっとでも信じた自分が馬鹿でした。あなたみたいな下種な……獣な人の言うことをっ!!」


翌日の滝村は浮かない顔だった。

撮影現場では頭痛も歯痛ももろともせず、笑顔でスタッフに接する滝村も、今日に限ってはふっと真顔になり溜め息を零す瞬間があった。

「おつかれさまです～」

「あ…ああ、おつかれさま！」

今も、声をかけられて我に返る滝村は、撮影写真を確認していたパソコンを意味もなく凝視していた自分に気がつく。

スタジオでの撮影が終わり、撤収作業が進んでいるところだった。仕事を終えたモデルたちもぞろぞろ帰っていく中、声をかけてきたのは紅一点だった女性モデルだ。

メンズのファッション誌であるから、女性モデルの数は限られる。

座った椅子の背凭《せもた》れに肘をかけ、背後を振り返る滝村は、本日の唯一の花であった彼女に向け慌てて笑顔になり、ひらっと手を振った。

「じゃあ、また来月よろしく……って、リナちゃん、スカートやばいよ」

急いで私服に着替えたのだろう。『え？』という表情を浮かべた彼女は、捲れたミニスカートに気づいて慌てて直すと、気恥ずかしそうに礼を言って出て行った。

知らん顔をするのは簡単だが、誰にも教えられないよりは注意されたほうがいいだろう。

「……まったく」

周囲に人のいなくなった滝村は独りごつ。

思い出したのは、浮かない顔と溜め息を連続で繰り出させている原因の男だ。

——嘘だって言わなければよかったってのか。

言わなきゃメチャクチャ信じてたじゃないか。涙ぼろぼろ、鼻水ずるずる言わせてたくせして。マルコが三千人だか四千人だか言ってたくせして。

「……てか、だからマルコって誰だよ」

未《いま》だに判らないままだ。目の前のパソコンで調べるという行為には至らず、撮影の緊張感がなくなるや否や不機嫌となった滝村は、作業が終わると一人でスタジオを後にした。

昼日中なので帰社は電車だ。秋の陽光に満ちることもない地下鉄でゆらゆら揺らされ、暇になってしまった頭で昨晩のことを振り返る。

茶も飲み終えないうちに部屋を追い出されてしまった理由。

認めるのは少し癪《しゃく》な気もするけれど、嘘と明かすまでの森尾は可愛かった。それはもう壮絶に。涙に濡れた目も、赤くなった鼻先も、馬鹿みたいに素直なところも全部ひっくるめて。

もうちょっとでキスするところだった。

森尾だって、キスさせるつもりがあったのではないのか。

いい雰囲気だった。言わなきゃよかったかなぁ、なんてしんみり思ってしまう自分に『げっ』となる。キスごとき、どうだっていいだろう。それより、このまま森尾が顔を見るのも嫌なくらい自分に愛想を尽かしてくれれば、交際という名の奴隷……いや、足代わり生活からも解放される。

「そうだよな、せいせいするんだよなぁ……」

「おつかれさまです」

簡単なはずの結論を、会社に戻るまでの時間いっぱいかけて導き出した滝村は、エントランスホールの途中で自分を労《ねぎら》ってきた声にはっとなる。背中で受け流そうとした鈴の鳴るような愛らしい声は、四葉出版自慢の受付嬢のものにほかならない。

なんという失態。

自分としたことが、女性の前を素通りするところだった。

「坂巻さん！　おつかれさま、今日も目が覚めるほどの美しさだね」

いつ何時も笑顔の受付嬢は気にした様子もなく、にっこりと魅惑の笑みを浮かべる。アクアブルーの制服は、デパートの受付嬢のように爽やかだ。

「お忙しそうですね、滝村さん。急がれてたんじゃないですか？」

「べつに急いでるわけじゃないんだけど。君の顔に目も向けられないほど忙しかったら、となんでもないエマージェンシーだね……あれ、今日は一人？」

「そうなんです。岡野さんは今日はお休みで……」

誰か近づいて来たのか、彼女は滝村の肩越しに視線を送った。

ぎくりとなって振り返る。近づいてきたのは、恐れた相手ではなく、女子社員だった。

「坂巻さん、こないだ注文してたクリップボードです。A5は黒しかなかったけど、これでいいかしら？」

長い黒髪を一纏めにした落ち着いた印象の彼女は、事務の久保《くぼ》文音《あやね》だ。笑顔を振りまくのが仕事の受付嬢とは違うとはいえ、あまり笑ったところを見たことのない彼女は、今も淡々とした口調で事務用品を坂巻に手渡す。

「ありがとう、久保さん。ちょうどいいです、黒が欲しかったので」

「そう、よかった。じゃあ……」

さらっとその場を後にしようとした彼女に、滝村は声をかけた。

「久保さん、そのヘアクリップ、初めて見るね」

胡乱《うろん》な顔がこちらを見上げてくる。

「いつも黒いチェックのヤツつけてただろう？」

特別な意味なんてない。ただ思いついたから言っただけだ。気軽に話しかける滝村に、彼女は少し戸惑った表情を浮かべた。

「よく……」

「え？」

「よくご存じですね」

「あ、ごめん、べつにじろじろ見てたわけじゃないよ？　ほら、エレベーターとかで乗り合わせたときに目につくからさ。後ろに立ってたりすると……ていうか、それ似合うよって言いたかっただけ」

「……ありがとうございます。妹からのプレゼントです」

どうりで、とまでは言わなかった。薔薇をモチーフにしたスワロフスキーつきのクリップは、目立つことを好みそうにない彼女の趣味とは思えない。

褒められても特に喜んだ顔を見せるでもない久保は、礼だけ言ってエレベーターのほうへと去って行った。

カウンターの坂巻が苦笑いする。

「久保さんって、ちょっと変わってますよね」

「ああ、そうかな……」

「だって、笑ったとこもほとんど見たことないし……あ、おつかれさまです。さっきの伝言、合ってましたか？」

また誰か受付に来たらしい。

なんの気なしに今度は振り返った滝村は『げっ』となった。

「はい、おかげで助かりました」

坂巻にそう返したのは森尾だ。自分と同じく外から帰って来たところらしく、ショルダーバッグを肩から提げている。

無視されるのかと思いきや、森尾はこちらを一つも見ようとはしないまま声だけで言った。

「本当に手当たり次第なんですね」

「え……」

「家庭の事情もなしに三千人目指すなんて、ある意味すごいですけど」

痛烈な嫌みに顔が引き攣る。久保との会話も恐らく聞かれていたに違いない。

なにも知る由《よし》もない美人受付嬢だけが、無邪気な可愛い声をして言った。

「三千人って、なんの話ですか？」


忙しかった週も終わり、金曜を迎えた。

パソコンと睨み合っていた森尾が顔を向けると、入り口からは陽気な調子でフロアに男が一人入って来たところだった。

「お、そうか今日って入稿明けか。もう人いないじゃん」

まだ九時前だが、第三編集部の島は自分一人が残っているだけだ。

「上芝さん……どうしたんですか？」

久しぶりに見る顔。といっても上芝が異動してまだ二週間ほどだが、毎日一日の大半を顔突き合わせていた男がいなくなったのだから、早くも懐かしさすら込み上げる。

「向こうに持って行った荷物の中に、借りっぱなしの資料あってさ。編集長に怒られないうちに返しておこうと思って。残ってるのっておまえだけ？」

壁際のスチール棚を開け、上芝は手にしていたバインダーを押し込む。

「はい、僕ももう帰ろうと思ってたところです。上芝さんは、まだ戻って仕事ですか？　あっち、忙しい時期なんですか？」

「ん？　確かに暇じゃねぇけど……どうすっかなぁ、ちょっと片づけておかないとヤバイ感じだしな」

「ヤバイって、まさか……もう第五編集部で机荒らしてるんですか？　まだ半月ですよ⁉」

「違う違う、家のことだよ。週末に部屋に客が来るんでさ、早く帰って少しは綺麗にしときたいかなぁなんて。初めてうちに来てくれるんだよな。だから、やっぱいいとこ見せておきたいっていうか……なぁ？」

なぁ、と同意を求められても。

改まって迎えるなんて、恩師とか親戚関係だろうか。似合わない照れた顔して頭を搔いている男を、あまり鋭いとは言えない森尾はただただ不審がって見る。

「だいたい荒らすってなんだよ、森尾。人聞き悪いな。俺の机はあれで効率よく仕事できる状態だっての。そんじゃおつかれ、おまえも早く帰れよ～」

ひらっと手を振り上芝は出て行った。

また島は一人きりになる。

森尾が残っているのは、このところ自分の記事に編集長がずっと納得していないのに気がついているからだ。『レクラン』は週刊誌だ。次々に締切はやってくる。気に入らないからといっていつまでもダメ出しをするわけにもいかず、最終的にゴーサインは出るものの、満足させられている感じではない。

とはいえ、方向性も定まらないのにいつまでも居残っていても仕方がない。

森尾はパソコンの電源を落とすと立ち上がった。

八時五十分。比較的早い時間だ。先週までの森尾であれば上階に様子を見に行き、滝村が先に退社していれば呼びつけて送らせたところだ。

金曜の今日は滝村がデートに繰り出している可能性は高いけれど、その気にならず真《ま》っ直《す》ぐにエレベーターで階下に下りた。

こないだくだらない嘘をつかれて腹が立ったというより、もう脱力だ。滝村にとってどうせ自分はからかいの対象でしかないのだろう。

どうせ――

滝村が絡むと、妙に卑屈な思考に陥る。

ビルを出ると足早に駅に向かった。帰宅中のスーツ姿の会社員たちの群れに紛《まぎ》れるようにして地下鉄口に吸い込まれ、降り立ったホームを歩く森尾はふと視線を感じて顔を向ける。

ホームを反対側から歩いてきた男と目が合った。

『あ』という表情を滝村が見せるや否や、森尾は顔を背けた。

鉢合わせしたからといって、急に踵《きびす》まで返すのも意識し過ぎているみたいで嫌だ。相手も考えは同じだったらしく、二人は進行方向を変えないまま近づく。並んだ乗車口の列は一つ隣。同じ列にならなかったことにほっとしていると電車がやってきて、乗り込むや否や混雑で奥へ奥へと流された森尾は、あろうことか車両の真ん中で滝村と隣り合ってしまった。

運が悪い。プシューッと音を立てて扉は閉まり、電車は発車する。

最初に知らん顔をしてしまったせいで今更声をかけるわけにもいかず、腕が密着するほどの距離で森尾は身を強張らせる。

滝村はどんな思いでいるのか。

案外、なにも考えていないのかも――

真っ暗な地下鉄の車窓に映り込む男の顔さえ確認する勇気が持てずにいると、不意に声をかけられた。

「あれ、おまえ森尾?」

隣からではない。

眼前の座席に座った、スーツ姿の男だ。

「え……」

「俺だよ、谷江《たにえ》。ひさっしぶりだなぁ、卒業して以来か」

「あ、ああ……久しぶり」

見慣れないスーツ姿だったが、顔を見ればすぐに判った。

学生時代のクラスメイトだ。大学と中学が同じだった。大学で偶然また一緒になったときもショックだったが、はっきり言って再会して嬉しい男ではない。

吊り革に摑まって目の前に立つ森尾を、男は不躾《ぶしつけ》としか言えない視線で眺め回す。

そして、小馬鹿にしたような口調で言った。

「あれ、おまえって無職？　就職できなかったんだっけ？」

確かに会社員とは思い難い姿だ。しかも、冴えない学生かフリーターと見紛う地味さだ。

けれど、普通勘違いしたところでいきなり人を無職呼ばわりはしないだろう。

「働いてるよ。出版社だから服装は自由なんだ」

「ああ、出版社……そうだったそうだった、おまえ運よく四葉に受かったんだったなぁ」

けして運で受かったつもりのない森尾は眉を顰《ひそ》める。

そうだ。谷江はずっとこんな調子だった。無神経な男なのではない。見下げた態度を取るのは相手次第で、そして中学の頃に自分の扱いは決まってしまったのだろう。

中学の頃、見るからに軟弱で、社交性も皆無だった森尾は陰湿なからかいの対象になることがあった。そのグループの一人が、目の前にいる谷江だ。

こんなところでまた再会するなんて。

最悪だ。隣の滝村にも聞こえているはずの場所であることも、二重三重の不幸に違いない。

構わずにいようにも、谷江はそれを許さず話しかけてくる。

「ふうん、出版社勤務ねぇ……じゃあれか、憧れの編集者ってこと？　おまえ休み時間も本ばっか読んでたもんなぁ、作家になりたいんだっけ？」

「……作家志望だったことはないよ。僕は書くより読むのが好きなんだ」

「へぇ、今の仕事で大満足ってか。四葉出版っていったら……『小説睡蓮《すいれん》』を出してるところだよな。あそこの編集部か？」

「あ、う…ん、まぁ……入社してすぐは……」

「違うのか？」

「え……」

森尾は言い淀む。入社早々配属されたのは事実だが、すぐに異動になった。

嘘をつくのは得意ではない。おまけに今は滝村が隣にいる。

「どんな作家担当してるんだよ？　有名な奴か？　俺も社会人になって結構本読むようになってさ、通勤時間長いから暇なんだよな。携帯弄ってるより本読んでたほうが、上司に見られたときウケがいいし？」

男は座席から身を乗り出すようにして周囲に目を走らせ、声を潜めて言った。本を読んでいるというのは本当らしい。今も谷江の手には厚手の文庫本がある。

これ以上、詮索されるのは面倒だ。いっそ電車を降りてしまいたい。なにか理由をつけてでも……追い詰められた気分の森尾に対し、男は唐突に話の矛先を変えた。

「そういや、おまえって今彼女いんの？」

「え？」

「出版社勤務ってモテんだろ？　だったら森尾も彼女いんのかと思って。大学んとき、みんなで賭《か》けてたんだよなぁ、おまえに彼女ができるかどうか。懐かしいなぁ。俺は『いくらメガネでも、三十までにはできるんじゃないの？』なぁんて言ってたんだけどな……あっ、ごめん、今俺『メガネ』って言った？　悪い悪い、つい昔の癖でさぁ。けどおまえ、未だにメガネなのな……」

平静を保とうとしても顔が引き攣る。学生時代のように『チビ』まで加わっていないところにでも救いを覚えればいいのか。

返す言葉を失っていると、突然左隣に立つ男が声を発した。

「森尾くんは、社内に素敵な恋人がいますよ」

『えっ』となり、今まで避けていた顔を森尾は仰いだ。

滝村はしれっとした顔で、自分以上に困惑顔の谷江を見下ろしている。

「どうも。四葉出版の同僚で滝村です」

「あ、どっ…どうも。な、なんだ森尾、一人じゃなかったのか？　なんにも言わないから、てっきり……」

谷江が赤の他人と思い込むのも無理はない。外見の繋《つな》がりといったら、スーツではないことぐらい。容姿も服の趣味もまるで違う無言で並び立っているだけの男を、知人と判断できようもなかった。

「ああ、ごめん、話に割り込んじゃったかな」

「いえ……あの、森尾の恋人って……」

突然先輩風でも吹かせたみたいな顔をして、飄々《ひょうひょう》と話に加わってきた滝村に、なにがなんだか判らず戸惑う。まさか自分が恋人なんて言い出すつもりじゃないだろう。一緒になってからかうつもりかと、森尾は警戒し息を飲んだ。

滝村は予想外の言葉を並べ始める。

「可愛い彼女だよ。森尾くんはうちでも有望株だから、結構モテちゃうみたいで」

「うちって……」

「第二編集部。君も知ってくれてるみたいだったけど、『小説睡蓮』。入社以来頑張ってくれててね。最近は小説家の先生方にもすっかり信頼されて、みんな担当は森尾くんがいいって引っ張りだこなくらいなんだ。彼は仕事熱心で真面目だからさ」

「へぇ……」

「人気作家が空席待ちしてる状態だよ」

嘘八百にもほどがある。

「ちなみに……人気作家って、誰です？」

谷江の問いに滝村はくすりと意味深に笑ったが、森尾はさぁっと音がするほど血の気《け》が引いた。森尾は早々に第二編集部を追い出された身であり、第二編集部を毛嫌いしている滝村も作家に詳しいとは思えない。

けれど、まったく動じた様子のない男はしれっと返した。

「あれ……うちの人気作家、ご存じない？」

「あ、いや、そういうわけじゃないんですけど……ていうか、僕は彼ほど読書家じゃないんで、そこまで詳しくなくて……不勉強ですみません」

あまりに堂々たる滝村の態度に、谷江は完全に押された格好だった。

「いやいや、うちの営業が足りないんだね。そうだな……『レクラン』でも連載やってる、『庭中《にわなか》まひろ』先生とか」

「庭中って……恋愛小説家の？　『レクラン』っていうのは、女子社員が会社で広げてるの見ますけど」

「ここだけの話、変わり者……いや、気難しい先生を説得して、情報誌での連載にまで持ち込んだのは森尾くんなんだ。あと、そうだなぁ、ミステリー系だと人気絶頂の……」

「絶頂の？」

「東尾秀吾《ひがしおしゅうご》先生や宮池《みやいけ》みゆ子先生とか……」

「ええっ、本当ですか⁉」

超有名どころ作家に谷江は色めき立った。どうやらミステリーファンらしい。ビン底メガネをかけていても怪しい森尾の視力でははっきりしないが、手元の本もそれっぽい。

滝村は見抜いて言ったのだろうか。

とても真似できない神経の太さ……いや、肝《きも》の据わり具合だ。

その後も平然と滝村は作り話を続け、気がつけば電車は乗り換えの目的の駅へと着いていた。谷江は車内に残り、森尾と滝村はホームに降り立つ。

ほっと安堵《あんど》の息が零れた。人の流れに乗って先を行く背に問う。

「どうして彼に嘘をついてくれたんですか？」

正直、助かった。興味もない女性向け情報誌の編集をやってるなんて知ったら、谷江は小馬鹿にするだけに留まらず、面白おかしく周囲に触れまわったりもしただろう。

滝村は、やや遅れて歩く自分のほうをちらと振り返り見た。

「俺の取り柄は嘘つくことぐらいだからなぁ」

さらりと言って、再び前に向き直る。『嘘つき』と罵《ののし》った自分を覚えてはいたけれど、皮肉を言われている感じはしなかった。

人混《ひとご》みの中でも頭一つ抜き出た男の後ろ姿を、森尾は見つめて歩く。高い位置にある明るい髪色の頭は、もう振り返る気配もなく、このまま一人で行ってしまうつもりかと思った。

「た、滝村さんも乗り換えでしたっけ？」

森尾は焦って声をかけた。

「いや、なんとなくつられて降りただけ」

用もないのに、何故。理由も、どうしたいとも滝村は言わない。

改札を潜《くぐ》る直前、そんな男に自分から持ちかけた。

「滝村さん、よければ……食事でもして帰りませんか？」

滝村は無言で振り返る。

やや目を瞠《みは》らせたその顔に、なんと言っていいか判らず森尾は慌てて続けた。

「こ、こんなことで借りを作るのは嫌ですから」

店を選んだのは滝村だった。

地下鉄を出てすぐの、ＪＲへと向かう高架下に並んだ居酒屋の一つ。熟考した様子なんてなかったから、乗り気ではなくさっさと帰ってしまいたいのかと思えば、『この店は昔気に入ってよく来てたんだ』と滝村は言った。べつに女性好みの小洒落たレストランでばかり食事をしている男ではないらしい。

店は繁盛しており、奥の一つだけ空いたテーブル席を二人は勧められた。生暖かい空気に乗って、焼き物の香ばしい匂いが漂う。

注文してすぐに出てきたグラスのウーロン茶をちびりと飲んだ森尾は、なにか話さなくてはならない気に駆られ口を開く。

「彼は中学と大学で一緒だったクラスメイトです」

「ふうん」

「でも、特に親しかったわけじゃありません」

「そりゃあ、そうだろうな。あれで親友とか言われたら驚く」

真っ白な泡がジョッキの端から溢れそうにこんもりと盛り上がったビールに口をつけ、滝村は応える。

「ヤな奴だったよなぁ」

あっさりと評する男に、森尾はびっくりすると同時に少し笑った。

そのとおりだ。傍で聞いていて判ったから助け船を出してくれたのだろう。

「すみません、僕にもビールください。同じのを」

隣席の客のオーダーを取り終えて戻ろうとしていた店員を呼び止めて注文をすると、向かいで滝村が目を丸くする。

「おまえ、酒飲んで大丈夫なのか？」

「ビール少しくらいなら」

少量なら大丈夫のはずだ。アルコールでも入れないことには説明できそうもない。

助けられた義理で話さなくてはと思ったわけでもないけれど、すぐにやってきたビールを四分の一ほどしかめっ面で喉に流し込んだ森尾は、昔のことを語り始める。

「彼は中学のクラスメイトなんです」

「それは……今聞いたけど」

『もう酔ったのか？』と言いたげな目で、滝村は付き出しを突《つつ》く箸を止めた。

「中学時代、彼に僕は苛められていました」

「……」

「苛めなんていうと大げさなんですけどね。たぶん、向こうはただからかっているだけのつもりだったんでしょう。暴力を受けたわけでもありませんし、今思えばつまらないことばっかりです。きっかけも全部」

「……きっかけって？」

「本当に大したことじゃないんです。中学の入学式のことなんですけど……」

森尾は記憶から引っ張り出すようにして話した。

初めての中学校に、初めての制服姿。緊張していた森尾は体育館からの退出の際に、父兄席のパイプ椅子に足を引っ掛けて転んでしまった。

転んで失笑されただけならよかったけれど、運悪く落としたメガネのレンズが外れてしまい、慌てて飛んできた母親に手を引かれる羽目になった。

ほんの数週間前まで通っていた小学校ならともかく、中学でこれはさすがに恥ずかしい。目撃したクラスメイトの幾人かは、いつまでもこのネタで森尾をからかってきた。

今まで人には話さなかった。恥ずかしい過去だと思っていたけれど、この年になってみればなにもかもが他愛なく子供らしい顛末《てんまつ》だ。

話し終えると、自分よりも滝村のほうが重苦しい表情をしていた。

「悪かったな」

急に謝られて驚く。

「……え？」

「いや、俺もおまえにとってはそいつらと変わらなかったかもなぁと思って。おまえのこと、『メガネ』って呼んだりしてたしなぁ」

そんな言葉が来るとは思わず、森尾は目を瞠らせた。

「……べつに。もういい大人ですから、いちいち傷ついたりしませんし。滝村さんのことは、少し子供っぽい人だなぁとは思いましたけど」

そういえば、こないだ母の話をしたときにも、すぐに謝っていた。見てくればかり重視する格好つけのナルシストかと思いきや、滝村の中身は意外に真っ直ぐらしい。

嘘をつくのも躊躇いがないけれど、非を認めるのにも迷いがない。

困ったような笑い声が響いた。

「俺は子供っぽいか、言うなぁ」

「だって……言うこともやることもそうじゃないですか。最初に会ったときだって、しょっぱなから『メガネくん』とか言って」

「あれは、おまえが可愛げないことを先に言ったからだろう。最初はその……俺だって、新入社員だから可愛がってやろうと思ってたのにさぁ」

拗《す》ねたように言う。滝村も、あのとき初めは自分と同じように好感を持ってくれていたのか——

「まぁ、なんでもいいや。ごめんな、森尾」

狭いテーブルを大きな手が過ぎった。大きいというより、指が長く爪も手入れされたどことなく滝村らしい綺麗な手だ。

大衆居酒屋の古びて黒ずんだテーブルの上の男の手の動きを、森尾はじっと見る。グラスを取った手は高く浮き上がり、つられて顔を起こすと、こっちを向いた顔とばっちり目が合ってしまった。

透明な分厚いジョッキグラスの縁に唇を押し当てて笑んだ男に、森尾は妙にどきっとさせられた。四分の一のビールでもう酔いが回ってきているのか、同性であるはずの滝村の表情が色っぽく映る。

「しっかし、なんかおまえといると俺、謝ることばっかりだなぁ。まぁ原因作ってばかりだから悪いのか……凹《へこ》むねぇ、結構気のいい奴だって自分では思ってたのに。自己評価高過ぎだったのかね」

珍しく自嘲的なことをいう男に、森尾もいつになくフォローに回った。

「謝る必要ないことだってあるでしょ」

「え？」

「今日は、滝村さんに助けられました。ありがとうございます」

「大げさだなぁ……って、なんか入社式の日のこと思い出した。おまえあんときも大真面目に礼言ってたっけ。その後、めでたい門出に俺は水を差したんだけどな、はは」

一緒になって数年前を思い出した森尾は、自然と苦笑する。

「めでたいなんて……よかったのは、あの頃だけでしたよ」

「そういえばおまえ、なんですぐ異動する羽目になったの？」

そう来るとは思わず、少し妙な間を空けてしまった。一瞬の沈黙に、滝村は察したように、グラスを持ってないほうの手をひらと振る。

「あ、いやべつに答えにくいことならいい」

タイミングがいいのか悪いのか、店員が料理を運んできた。刺身の皿から煮物まで、注文した料理が手際よく並べられていく。

「お、食おう。そういや、腹減ってたんだ。今日昼はずっと撮影で、まともに飯食う暇もなくてさ。差し入れに用意した菓子摘まんだくらいで……」

「能力不足ですよ。僕の担当編集としての」

話題を変えようとする滝村の言葉を遮り、森尾は打ち明けた。互いの小皿に刺身醤油を垂らしながらぼそぼそと話し続ける。

「ということに表向きはなってますけど、僕はセクハラもあったと思っています」

「セクハラって……おまえがやったんじゃなくて、相手がだよな？　やばい作家にでもつかされたのか？」

悪評高い作家であれば、自分ももっと注意を払っていただろう。

「編集部内でも評判のいい人です。ベテランの女性作家で……新人だった僕にいろいろ教えてくれて、原稿も締切どおりに上がってくるし、普段は非の打ちどころのない先生でした。でも、酒癖が悪くて……」

「……おまえ……まさか、食われちゃったのか？」

滝村は箸に挟んだ刺身を震わせる。

慌てて否定した。

「食われてません！　打ち合わせや食事の度に変な雰囲気になるんで、一応警戒してましたから」

「おまえ酒に弱いのによく逃げられたな」

「逃げられたっていうか……問題の日も、そういう意味では何事もなかったんですけど、僕はお酒が入ってどうも暴言を吐いてしまったみたいなんです。でも、よく覚えてなくて……後から編集長に呼び出し食らって、翌月には『レクラン』に飛ばされました。よっぽどの失言をしたんでしょうね。詳しく聞かなかったせいで、今もずっと引っかかってるんです」

「失言って、『このインランババア』とか言っちゃったのかね。おまえが言うのちょっと想像つかないけど」

森尾は思わず滝村をねめつける。さすがにそれはないだろうと思ったけれど、実際自分は異動で飛ばされるほどの発言をしたのだから、絶対にないとは言い切れない。

「まぁなんにしろ無事でよかったな。って、俺が言うのもなんだけど……朝目が覚めたら、俺と同じようなことになってたとも限らなかったんだろう？」

「え……あ、はい、まぁ……」

その話になると、つい目を逸《そ》らしてしまう。

森尾は未だに判らなかった。酔っぱらっていても暴言を吐いて回避するほどなのに、滝村とはどうして……セックスをしてしまったんだろう。

やっぱり口先で丸め込まれたと考えるのが妥当なのか――

「どうした？」

ちらと目を向けると、ずっとこちらを見ていたらしい男と目が合う。

「いえ、なんにしても、僕はもう文芸には戻れそうもありませんから……滝村さんが羨《うらや》ましいですね」

「俺が？」

「だって、好きな仕事をしてるじゃないですか」

森尾が出版社への就職を望んだのは、好きな小説に関わりたかったからだった。それがよく知らない情報誌の編集部に飛ばされてしまい、夢は潰《つい》えた。小さな出版社でもいいから転職してやり直したいと考えた時期もあったけれど、就職を誰より喜んでくれた母を思うとそこまではしたくなかった。

それに比べると、滝村は適材適所でイキイキと仕事に励んでいるように見える。

「うーん、好きっちゃ好きだけど、そんな楽しいばっかりの仕事じゃないぞ？」

思いがけず鈍い反応だ。

「え……でも滝村さんは最初からファッション誌を望んでたんでしょう？」

「まぁね。けど、スポンサーには気を使うし、ブランドからの注文があんまり細かいと誌面はまったく思いどおりにはなんないし、モデルだって扱いづらい奴がいる。隣から見るほど芝は青くはなかったなぁ。入ってしまったら地面が透けまくって見えて、こんなはずじゃなかったって感じ」

意外だった。滝村にもそんな風に思いどおりにいかないことがあるなんて。

「でも仕事なんて、多かれ少なかれそんなもんじゃないの？」

面倒を軽く笑い流してしまう男の話が、今は不思議と森尾の胸に素直に響いた。


「お礼に僕がご馳走しようと思ってたのに、すみません」

十時半頃、店を出た。結局勘定は割り勘ということになり、電車の礼をするつもりで誘った森尾は、戸惑いつつ並んで歩き出す。

「あんなので飯まで奢《おご》られたら気持ち悪い。なぁ、それよりさ」

「はい」

「やっぱおまえ、俺とちゃんと付き合ってみない？」

「はい？」

隣からの問いに首を捻った。

少し考えなければ意味が摑めないほど唐突だ。

「なっ、なんで脈絡もなくそういう話になるんですか？」

「だってさ、こりゃ必要だなって思ったんだよ。おまえの不幸な生い立ち聞いてたらさ、女嫌いになる要素あるじゃん。このまま交際の楽しさを知らないでいたら、一生童貞の独身で、フェアリーにでもなっちゃうんじゃないかって」

「生い立ちじゃありません。ちょっと何度か嫌な目にあったってだけで……それに、なんですかフェアリーって？」

「え、妖精の都市伝説知らない？　男は中年まで童貞でいたら妖精さんになれるんだってよ。おまえがなるっていうなら、見てみたい気もするけど」

からかいモードだ。いつもの調子をどうやら取り戻してきたらしい滝村に、森尾は呆れつつも負けじと返す。

「ど…童貞じゃないじゃないですか。た、滝村さんと、僕はあんなことしたんですから」

やっぱり俯いたあげく、口籠ってしまった。肌を撫でる夜風がひやりとしているせいか、余計に頬が火照って感じられる。

すぐそこの駅まで続く道は、眩しいネオンが並んでいた。小さな横断歩道を渡る手前で、歩調を緩めた森尾は、隣からの反応がないことに気がついて顔を起こした。

滝村は完全に足を止め、瞬《まばた》きも忘れたみたいな顔で自分を見下ろしている。

「どうしたんですか？」

少し酔っているからだろうか。仰いだ夜空の下のネオンが、きらきらといつもより輝いて見える。その下に立つ男の顔も、街灯の明かりの加減か綺麗に見えた。滝村の姿がやけに鮮やかに目に飛び込んでくる。

——滝村には自分はどう映っているんだろう。

ふとそんなことを思った。

いつまでもじっと見つめ返してくるからだ。

「滝村さん？」

「あ……な、なんだっけ……そうだ、俺とおまえは同性なんだから、おまえは俺と寝たって童貞捨てたことにはならないって話」

つまらぬ話に眉を顰めた森尾は、怒ったというよりどうでもよかった。女性には興味を持てないせいか、経験がないことに対するコンプレックスはあまりない。

「そうなんですか？　べつに僕はどっちでもいいですけど……」

「うん、そう。今俺が決めた」

「はぁっ？」

「とにかく世の中そんな悪い女ばっかりじゃないからさ。人と付き合うのが楽しいってわかれば、おまえだって気も変わるだろ？『うわぁ、男女交際も楽しそぉ〜』ってな」

「全然そうなる自分が想像つかないんですけど」

「想像つかないのは、おまえが知らないからだよ。だから、俺と楽しいお付き合いして考えを改めてみるっていうのはどう？」

どうと言われても、今の生活に不自由は感じていない。いずれ好きな人ができたら、母に紹介できたらいいなぁと思っていたくらいで――

「判りました。考えてみます」

話に乗る理由がないと思いながらも、森尾はどういうわけか頷いてしまっていた。

滝村が妙に必死に説き伏せてきたからかもしれない。

「考えるってどういう意味？　ＯＫってことだよな？　おまえ、すぐその日本人的な曖昧な返答をするのやめろよ」

いつもは『違う』と言っても捻《ね》じ曲げるほどの強気だったくせに、今になって確認してくる男が少しおかしかった。

月曜は遥乃ちゃんとディナーで、火曜は真美ちゃんと演劇鑑賞、水曜は昼は梨奈ちゃんとランチで夜は曜子ちゃんと――

そんな生活はどこへやら。このところ自分の生活がすっかり変わってしまったのを、滝村は自覚せざるを得なかった。

女の子とのデートなんて、もう長い間ご無沙汰である。

「おまえがそこまで悲観的に仕事をやってたとはなぁ」

閉じた寝室の窓にもたれた滝村は、耳に押し当てた携帯電話に向かって言う。

もう十一月も下旬だ。時刻も深夜に差しかかり、夜気は冷たい。けれど、帰宅してすぐに換気に開けた窓を閉めたのは、寒さのためではなく隣室への配慮だった。こんな時間に、隣人の仕事の話など聞きたくもないだろう。

森尾と『ちゃんと』付き合うことになってひと月あまり。自ら望んだとはいえ、物好きだなぁと思わずにもいられない。

週に一度電話で話をする。べつに甘い内容を期待していたわけではないけれど、会話は仕事の話が中心だ。

『だってもし明日から「レクラン」が消えても、誰も困りはしませんよ』

滝村が違和感を覚えていることなど露知らない電話越しの声は、諦めたように言う。

これはあれだ。どこから仕入れた情報か歪んだ交際知識を持つ森尾の話していた、『愚痴を聞かせる』電話なのかもしれないが、あまり嫌な感じがしないのは本人が大真面目に悩んでいるのが伝わるからだろう。

傍《はた》から見るよりずっと、森尾は今の自分の仕事に疑問を覚えていたらしい。

「馬鹿言え、望む人間がいるから雑誌は売れてんだろ」

電話の声はすかさず反論を寄こしてきた。

『そんなの、ＯＬさんの昼休みの暇潰しが一つなくなるだけです。今は情報なんてネットに繋げば事足りる時代です。個人で食べ歩きブログを趣味にしてる人もいますしね』

「へぇ、おまえの記事は一般人のブログにも劣るのか」

『……そんなことはありませんよ。でも、一般でも侮《あなど》れない文章力の人はいますからね。そういうサイトは自然と人も集まるし、そういうブロガーだったら自分の書く記事よりずっといいものを書いてるかもしれません』

「そういうそういうって、卑屈だなぁ。おまえが勝手に落ち込むのはいいけど、作ってる雑誌ごと否定するってどうなんだ。『レクラン』はおまえ一人で作ってるもんじゃないだろう?」

電話の向こうは沈黙した。

自分が正論で相手を黙らせる日が来ようとはだ。

こんな先輩後輩みたいな会話は望んじゃいないし、そもそも仕事の話は好きじゃない。自分なりのやり方や理想を持っていようと、それを得意げに語ったり、振り翳すのは滝村の主義というか趣味に反する。

まぁ、疲れて帰ってきてまで仕事のことなんて考えたくないのが一番の理由だけれど。

森尾の妙な生真面目さには、ついつられてしまう。

「作ってるほうがそれじゃ、いい雑誌なんて生みだせるはずがないぞ」

『……説教ならやめてください。編集長だけでじゅうぶんです』

「田之上編集長？　あの人おっかないからなぁ」

他部署にも噂が流れてくるくらいだ。積極的に関わりたくない女性編集長であるのは確かだった。

「まぁ俺のは説教じゃなくて励まし？　だって、つまんないと思いながら作ったって、おまえの仕事がよくなるわけないだろ。どうせやるなら自信持って楽しまなきゃ。そういうのが誌面の印象にも出る」

『そりゃあそうなんですけど……』

「そうそう。だいたいOLの昼休みの暇潰しのどこが悪いの。日本人は働き過ぎの民族なんだ。常にストレス抱えて癒しを求めてるし、休日より勤労日のほうが圧倒的に多い。そんなお疲れの日本の女性が、ほっと一時の安らぎを求める場所、それが『レクラン』と思えば素晴らしいじゃないか。それに、ネットの情報と、雑誌の情報というのは根本的に違うところがある。ネットは必要としている情報をまずユーザー自身が求めるところから始まるが、雑誌の情報は編集者がコーディネートしたものを提供する。こっちから情報に引き込むんだ。な、そう考えればちゃんとやりがいがあるだろう？」

八割方リアルタイムの思いつきに過ぎなかったが、もっともらしく並べ立てると電話の向こうはまた反応が鈍った。

反論でもあるのかと思いきや、少し黙ったのち気の抜ける言葉が返ってくる。

『滝村さんって……やっぱり口が上手いですよね』

「なんだそりゃ。おまえなぁ、人がせっかくやる気にさせてやろうと思って……」

『ちょっとやる気になったから言ってるんですよ』

やや小さくなった声で森尾は言った。

どうやら婉曲な褒め言葉というか、礼のつもりであったらしい。

「……そうか、そりゃあなによりだ。ああ、もうこんな時間だな……おまえ、明日は休日出勤なんだろう？」

時計を見ると、時刻は零時を回っていた。

週末は休める滝村は一向に構わないが、森尾は土曜も午後から取材に行くと聞いたばかりだ。週末でなくては都合のつかない店もあるらしい。

『でも、まだ三十分も経ってませんから』

「三十分？　なんの話だ？」

『恋人同士の平均的な通話時間は、三十分から一時間だそうです。社会人なら電話は週に一度が一般的だとか』

「それで週に一度の電話に決めてるのかよ……つか、おまえ、その妙な情報マジでどっから仕入れてきてんの？」

からかうと森尾は少しむっとしたようだが、べつに話したくないわけじゃない。ベッドの端に座り直して引き続き『恋人らしい』時間に励むことにする。

「んじゃあ、森尾くん、なに話す？」

『なにって……ああ、そういえば、上芝さんの担当していた庭中先生の新連載が始まりましたよ。今号からなんですけど、担当変わっても気になるものなんですかね。上芝さんが、見本誌見せろって編集部に押しかけてきて……』

「ストップ。おまえに任せてたら朝まででも仕事の話しそうだな。ちょっとは色気のある話しないか？　俺ら一応は恋人同士なんだし？」

『色気のある話ってどんなのですか？』

「そうだなぁ、『今何色のパンツ穿いてる？』とか……」

『電話、切りますよ』

「うそうそ、冗談だって。つか、森尾くんが白ブリーフ愛好家なのは知ってるし。ホントおまえ、全然色気ないっていうか……あ、待った待った、今のも冗談！　嘘だから、電話切んなよ！」

沈黙に慌てて弁解すると、受話口の向こうから微かな笑い声が聞こえた。

「うーん、じゃあまともな話……おまえの好みの女の話でも聞いとくか」

『それのどこがまともなんです？』

「え、基本だろ？　恋愛の楽しさを知った森尾くんは、将来どんな子を選ぶのかなぁって気になるし？」

　下世話に言ってみたものの、返事は予想を違えない。

『べつに好みとか、特にありません』

「そんなこと言う奴に限って、結構うるさかったりするんだけどね。そうだな芸能人とか
……ああ、社内だったら誰がいいと思う？」

『そういう目で見たことがないです』

「おまえ、さらっと言うけど男としてそれってどうなんだよ？　我が社の人気って言ったら
……やっぱ受付嬢か。坂巻さんは？」

『僕はあまり……綺麗な方ですけど、作ってる感じがするっていうか……』

「お、言うね。じゃあもう一人の岡野さんは？」

　なんだか恋人同士というより、中学生の野郎の友人同士みたいな会話になってきた。森尾の好みにはなかなか辿《たど》り着かず、思い当たる社内の女性の名はあっという間に尽きてくる。

「ほかにおまえと近い年齢って誰かいたっけ。ああ、あとは事務の久保さんくらいかな。一つ下だろ？」

『久保さんは……いい人ですね』

「えっ、おまえ好きなの？」

『いい人だと思ってるだけですよ。久保さんって、気が利きますよね。部署ごとの事務用品

の使用頻度も把握してくれてるみたいで、頼む前から発注しておいてくれたりするんです。あんまり喋らない人だけど、仕事はちゃんとしてるなって』

意外な伏兵だった。

社内ではもっとも存在感が薄いと言っても過言ではない彼女だ。

「あの子はマメっていうか……」

そうだ、森尾に似ている。

小柄で地味でちょっと神経質そうで。電車で見かけたら、濃いメイクを施し中のギャルの隣で、『周囲なんかまったく目に入りません』ってな具合で、すっぴんの彼女は一心不乱に本を読んでいた。

「ふうん、おまえの好みは久保さんか……なるほどね」

似た者同士しっくりくる。お似合いかもしれないな……そう思ったけれど、何故かそこまで言葉にする気にはなれなかった。

『滝村さん？』

「あ、いや判ってよかったよ。もうそろそろおまえ寝たほうがいいかもな」

『ああ、そうですね……』

「明日頑張ってこいよ。また嫌なことあったら聞いてやっから、電話しろ。来週は食事でも行くか、美味そうなとこ探しておくからさ」

自分から女の話を振っておきながら、収まりが悪い。平均時間のさらに間を取った四十五分できっちり通話を終え、滝村は脱力したようにベッドに仰向けになった。

答えなんてないものと思っていたのかもしれないなと感じた。

森尾の好みの女。そんなものいるはずがないと、ちょっと話のネタで終わるつもりで自分は振ったのかもしれない。

「……そんで動揺してんのか？　まさかなぁ」

明かりを消したままの静かな寝室。電話の声がなくなると物足りなく感じられるのは、きっと自分らしくもない金曜の夜の過ごし方だからだろう。

『付き合おう』と言ったからといって、大人しく家に籠ってる必要なんてない。べつに家に帰ってからの行動まで監視されているわけではないのだから、自由にしても構わないはずだ。

そうやって女遊びを肯定するようなことを考えるくせに、手にしたままの携帯電話が震えると滝村はびくりとなった。

着信だ。画面を見ても知らない番号が並んでいる。

『はい』とだけ短く言って出ると、受話口からはテンション高い女の声が響いてきた。

『よかった、捕まった〜。もう、最近連絡ないからどぉしたのかと思っちゃった』

「……って、可愛い声だけどどちらさま？」

ベッドに転がったままぼんやり応える滝村は、覚えのない声だと感じてさらりと言う。

『え……リエだけど』

そう返ってきて初めて飛び起きた。

「りえって……あ」

『うっそ、今私のこと判らなかったの⁉　直秋《なおあき》、信じらんない！』

「いや、ごめんごめん、登録消えてたから判らなくて……」

『こないだ、アドレス帳飛んじゃったからもう一度登録させてって言ってきたじゃない。あれからまた消えちゃったの？　っていうか、声で判ってくれなかったの？』

趣味はデート、特技は恋愛のはずの滝村だが、機嫌を損ねた女の扱いだけはやっぱり苦手だ。

うっかりにもほどがある。女の子の声を聞き分けられないなんて、風邪で高熱にうなされていたときだってなかった、自分にあるまじき失態だ。

結局、デートの約束どころか微妙な空気のまま電話は終えた。

「……どうなってんだよ、もう」

ぼやいたのは自分に対してもだが、再びアドレスの消えてしまった携帯電話に関してもだ。

とりあえず今かかってきた電話番号を再度アドレス帳に登録しようと思うも、なんとなく面倒臭い気分で後回しにする。

やっぱり一番おかしいのは自分に違いなかった。

森尾の週末は、起き抜けは読みかけのベッドサイドの本に手を伸ばし、読み終えたら部屋の掃除やら溜まった洗濯。食事の後は再び読書時間が始まり、気が向けばパソコンをネットに繋いだり、動画サービスで映画を見たり。

ようは、たまに実家に顔を出す以外は完璧なインドアライフだったのだけれど、このところ様変わりした。

休日に日差しを浴びている自分に、家を出る度に驚く。普段まるで意識していなかったけれど、休みに誰かと待ち合わせをする……というだけのことも、随分縁遠くなっていたのだと滝村と付き合うようになってから気づかされた。

男女交際をしたことがない森尾にとって、時間が合えば週末ごとに会う相手がいるのは新鮮な驚きである。

「……はぁっ、はぁっ、あれ？」

地下鉄からＪＲへと続く駅の階段を駆け上がった森尾は、慌てた顔で周囲を見回した。

約束の場所に少し遅れて到着したのに滝村の姿がない。きょろきょろと周囲を確認すると、階段沿いの通路のベンチに座って誰かと話をしている後ろ姿が目に入った。

「……本当に、一緒に探してくださって助かりました」

相手はベレー帽を被った上品そうな老婦人だった。

「お孫さんが織ったスカーフだったんですか。どうりで珍しい織物だなって思いましたけど。よくお似合いですよ」

「え、でもちょっと派手過ぎじゃありません？　黄色なんて……」

「目立つカナリアカラーならぱっとしすぎでしょうけど、優しい色ですからね。僕はいいと思いますよ。黄色は顔色を明るく見せる効果があるし、日本人の肌色に実は合う色なんで、スカーフにはぴったりです」

「まぁ。お兄さん、詳しいんですね。洋服屋さんの店員さんみたい」

女性は首に回したスカーフを、どことなく嬉しそうに結び直している。

「スタイリスト……いや、服選びのプロの受け売りですけどね」

笑い返した男は視線を感じたのか、こちらを振り返った。声もかけずに成り行きを見守ってしまっていた森尾は、ちょっと決まりの悪い思いをする。

滝村は老婦人に別れを告げてベンチを離れ、すぐにこちらへやって来た。

「今の方……どうしたんですか？」

歩き出しながら森尾は問う。

「ナンパじゃないよ？」

「そんなことは判ってますっ。なにかあったのかなと思ったんです」

「スカーフをなくしたって言うから、一緒に探してたんだよ。駅の人が預かってたからすぐ見つかったんだけど……それよりさ、店、昨日メールで言ってたところでいいか？」

「あ、ああ……はい」

終わったことだとばかりに先を急ぐ男は、それ以上詳しく語ろうとしない。

けれど、森尾はもう聞かずとも判っていた。あまり認めたくはないのに、『付き合う』というおかしな事態になって、共に過ごす時間が増えるうちに気づかされてしまった。

滝村が気のつく優しい人間であること。

普段は調子がよすぎていいかげんな八方美人にしか見えない性格も、見方を変えればサービス精神の高さゆえだ。

食事の行き先は、駅近くのファッションビル内のフレンチのカジュアルレストランだった。週末でどの店もそれなりの混雑を見せていたけれど、マメな滝村が予約をしておいてくれたので、そのまま席へと案内された。

眺めがよく、採光のいいお洒落で明るいレストランだ。『女性が好みそうだな』と思ったら、周りはカップルか女子会といった感じの女性グループばかりだった。ちょっと男同士では居心地が悪いけれど、滝村は気にするような男ではないし、自分も仕事の参考になる。

滝村と付き合うようになって、様々な店を知るきっかけにもなっていた。

人気だというランチメニューを注文すると、森尾は話を戻した。

「さっきの駅でのことですけど……滝村さんって、意外と優しいところがありますよね」

「意外ってなんだ。俺は幼児から老人に至るまで女性にはまんべんなく優しい。男にだって意地悪じゃないぞ。俺のところに配属された新人はみんな、優しくて頼りになる先輩だって噎《むせ》び泣いてる」

嫌みだとでも思ったのか、ややむっとした様子で言う男に、森尾は苦笑した。

「そうでしょうね」

さらっと肯定すると、満足するどころか逆に訝《いぶか》しがられる。

「なんだよ、おまえにあっさり肯定されたらされたで気持ち悪いな。森尾、なんか企《たくら》んででもいるのか？」

「人聞き悪いですね。裏なんてありませんよ、ただ……ちょっと気になったんで……だったら、どうして俺には違ってたのかなと……」

非常階段での言葉の擦《す》れ違いが原因だったようなことを前にも話していたけれど、それほど引き摺《ず》るやり取りでもなかっただろう。

自分だけ——そう思うと、やっぱり嬉しくない。

見た目がどうとか、結局そういう理由なのか。

滝村は急に声のトーンが落ち、言いづらそうに視線を窓辺に背けた。

「おまえだけじゃないよ。学生んときも、俺は素っ気なくしてた相手がいたし……しかも、女の子だったのにな」

「え、女の子相手に？　滝村さんが？」

「驚くよなぁ。なにしろ高校んときの話だから、記憶が曖昧なところもあるんだけど。どうも俺はその子に軽蔑されてたっぽくて、その子の好きな奴は俺とは正反対で……今にして思えば、俺は相手にされなくて拗ねてたのかもしれないなぁなんて」

「拗ねてって……そんな百パーセントの人に好かれるなんて、誰だって無理でしょう」

「鈍いなぁ。俺はさ、たぶんその子が特別好きだったんだよ」

「え……」

「とかいって、俺も気づいたのはつい最近なんだけどな。まぁ若かったし、ショックで天《あま》の邪鬼《じゃく》になるくらいの恋はあってもおかしくはないいんじゃないかと……」

滝村は自嘲的に笑い飛ばし、テーブルにはコースの前菜が運ばれてきた。六つに仕切られた白いスクエアプレートには、これもまた女性の好きそうな色鮮やかな料理が、少量ずつセンスよく盛られている。

滝村はワインを頼んでいたが、森尾は飲みものはペリエだった。炭酸水のグラスに口をつけると、ひやりと水が弾《はじ》ける。刺激されたわけではないけれど、ある考えが閃《ひらめ》いた。

「でも、それって……ということは、僕にも嫌いじゃないから酷い態度をとっていたってことですか？」

返事がない。

顔を起こして見ると、テーブルの先にはワイングラスを手にしたまま固まった男がいた。

なおもじっと見つめていると、滝村はふらふらと視線を泳がせる。

「森尾くんさぁ、そんなとこだけ鋭くならなくていいんだよ」

びっくりした。

動揺する滝村なんて珍しい。

さらには、ぷいと窓のほうへ俯き加減に背けられた顔が照れているようにすら見えて、戸惑いはテーブル越しの森尾にまで伝染してくる。

言い換えれば、それは自分を好きであると言うことだ。

余計な頭の整理をしてしまったせいで、ますますぎこちなくならざるを得なくなった。食事内容をネタに再び話し始めるまでの間、まるで初めてのデートの中高生みたいに、平静を装いつつも内心テンパった時間を過ごした。

けれど、嫌な感じではなかった。

高層階のこのレストランのように、気持ちも体もふわふわ浮いている感じがする。居心地の悪さが心地いいなんて、本当に変な時間だった。

「ドライブでもよかったけど、俺ワイン飲んじゃったしなぁ」

食事を終えた後は、特に予定も決めていなかった。滝村《たきむら》にしては珍しい。けれど、昨日は入稿日で仕事も忙しかったらしく、そんなことを考える余裕はさすがになかったのだろう。元々、森尾《もりお》もなにか特別な外出を望んでいるわけでもない。『うちでのんびりする？』と家に誘われ、あっさり頷《うなず》いた。

けれど、マンションのエントランスを潜《くぐ》り、エレベーターに乗って部屋まで辿《たど》り着いたところで、初めて来る気分でいた部屋を知っていることに気づいて焦《あせ》った。

すっかり忘れていたのだ。前後不覚で自分がこの部屋に転がり込んだ夜のことを。中へと入ってしまえば、ちらちらと覚えのあるインテリアも目につく。

「森尾、どうした？」

滝村に怪しまれるほどに、リビングのソファに座った森尾は、身を固くしていた。点《つ》けられたテレビなんてちっとも頭に入って来ない。のんびりもまったりもほど遠い時間が過ぎる。記憶がフラッシュバックするだけでなく、大きな三人掛けソファの隣から滝村がこちらを窺《うかが》っている気がするから尚更だ。

――きっと自意識過剰になっているだけだ。

出されたコーヒーを飲み終える頃には、森尾も少し落ち着いてきた。

やっとテレビを見る余裕も出てきて、背当てに並べられたふかふかのクッションに身を預けようとしたときだ。

急に遮られた視界に、森尾は驚いて目を見開かせた。

「なっ、なんですか？」

ふらっと滝村が顔を覗《のぞ》き込んできたかと思うと、その距離が一瞬の間に縮まる。

唇が触れそうになる一歩手前で、森尾は顔を逸《そ》らせた。

「だってそろそろ……」

「そっ、そろそろなんですかっ⁉」

せっかく落ち着き始めたというのに、酷《ひど》い混乱具合だ。

「いや、もう同意の上で一カ月以上もお付き合いしてるんだし、こういうこともあって然《しか》るべきじゃないかと」

「こういうって、なにをっ？」

「森尾くん、鋭くなったんじゃなかったのかよ？　キスとかHとかに決まってるだろ」

どうしてこの男はこんなに悪びれないのか。

「ひっ、昼間っからなに言ってんですか」

「キスくらい、昼日中でもするよ」

いつもと少し違う感じがした。滝村はただ飄々《ひょうひょう》としているのではなく、どことなく不貞《ふて》腐《くさ》れた中高生みたいな眼差《まなざ》しも見せる。

ふと、レストランで聞いた話を思い出した。

「けど、昼に誘って大正解。おまえ、夜だったら絶対警戒して俺の部屋なんて来なかっただろう？」

「そのつもりで誘ったんですか⁉」

「そんな、キャンキャン怒らなくても。冗談だよ。純粋にのんびりまったりしようと思って誘ったんだけど、おまえのちょっぴり緊張してる横顔見てたらなんかムラムラきたっていうか……」

「ど、動物じゃないんだから我慢してください」

「動物じゃないから季節問わず発情するんだろう？　交際に慣れるんだったら、セックスも慣れておこうとは思わない？」

「思いませんっ。そんなことしたら、滝村さんの好き放題じゃないですか。だいたい僕はまだ許したわけじゃないんですから……この交際は、責任を取る延長線上なんですからね」

「なんだよ、まだそんなこと言ってるのかよ」

軽く睨《にら》みを利かせると、急に男の声はご機嫌を窺う調子へと変わる。

「あ、いや……でも、それはそれとして置いといて、すこーしくらい考え変えてみてもいいんじゃない？」

「な、なんですか、これ……？」

急に両手を取られて驚いた。なにをするつもりかと警戒してみれば、滝村はただ握った手を上下に揺する。

「これ、嫌か？」

「べつに……なにか意味あるんですか？」

次第に大きくなっていく動きは、ＵＦＯでも呼び寄せるつもりかとでもいう無意味で奇っ怪な動作だ。

「これだって、おまえに触ってる。セックスも同じことだろ」

「は……？」

「おまえはセックスを難しく考えすぎなんだよ。体が触れ合って、こうやってただ腕を上下させるよりは気持ちいい行為……それがセックスだ。Ｈなんて、それくらいの違いしかない」

「ひ、飛躍し過ぎです」

「そう？　触れたところがどうにかなるわけじゃないし、いくら俺がおまえにベタベタ触りまくったって、シャワー浴びてさっぱりしたら、元の新品ぴかぴかのおまえだろ」

「せっ、性行為は元々、子供を作るための行為じゃないですかっ」

滝村のは、理論というより口車だ。判ってはいてもどこか楽しげな語り口には乗せられそうになる。

「俺とおまえじゃどうやったって子作りはできねぇよ」

「そういう問題、じゃあっ……ありませんっ！　お断り、ですっ！」

握られた手を突《つ》っ撥《ぱ》ねようと、ぐいと押しやった。負けじと向こうも押し戻してくる。傍《はた》から見たら、きっと遊んででもいるみたいだろう。ぎりぎりと満身の力を込め、両手を押し合い圧《へ》し合い。先にあっさり折れたのは滝村のほうだった。

「わっ…！」

急に力を抜かれると、勢いで森尾は前のめりになる。押して駄目なら引いてみろ。まんまと姦計《かんけい》に嵌《は》まった森尾は、胸元に転がり落ちるように体を倒れ込ませてしまい、抱き留められる。

ふわりと甘い匂いがして、『あ、なんかいい匂いかも』と勝手に嗅覚が応じた瞬間、滝村が精一杯の譲歩でもするみたいに囁《ささや》いた。

「判った。じゃあ最後までしないから、俺も我慢するからさ……触るだけならオッケー？」


昼日中の寝室はカーテンを閉めていても光が差し込む。

「た、滝村さんって、絶対家電とか値切るの得意でしょう？」

初めて素面《しらふ》で訪れた家だというのに、酔ってもいないのに寝室に入り、ベッドに上がるという事態に置かれた森尾は、緊張でどうにかなりそうだった。

肩に触れられただけで『ぎゃっ』となる。

「なんだ、それ。なんでこういう状況でするトークが電気屋なわけ。ホント、色気ないなぁ、おまえ」

身を寄せようとしていた滝村は、やや憮然《ぶぜん》とした目をして言う。

誰のせいだと思った。こんなことにならなければ、うっかり口車に乗せられたりしなければ、自分だって電気屋のことなんて思い出さなかった。

「なんかガチガチだなぁ。唇触っても、歯ぁぶつけたみたいな音鳴りそう」

ふらっと近づいてきた顔に、ベッド上で正座をした森尾は反射的に身を仰《の》け反《ぞ》らせる。

「き、きす……」

「ん?」

「キス、するんですか?」

「なんだ、キスはNGなのか? エッチはキスしなきゃ始まらないのに」

「そうなんですか?」

「うーん、どうなんだろ」

「判ってないんじゃないですかっ、また適当なこと言ってて、て……あっ……」

まだ話の途中だというのに口に温かな感触を覚えた。唇は当然どんなに身を強張《こわば》らせていてもガチガチ鳴ったりはせず、軽く触れ合わさると同時にふにゃっと潰《つぶ》れる。

「へへ、もうしちゃった」

悪戯《いたずら》っ子のように滝村は言った。

「絶対必要じゃなくっても、俺はキスするの好きだなぁ……キスってなんかロマンチックだし、可愛い挨拶っていうか……」

そんな場所で喋《しゃべ》られると息がかかる。ほとんど触れる距離にある滝村の唇は、動きに合わせて自分の唇を幾度も掠《かす》める。

撫《な》でられているみたいでくすぐったい。

身を竦《すく》めようとすると、ぎゅっと強く押し合わさってきた。

「んっ……」

急に息苦しさが訪れ、突っ撥ねる間もなく、両腕を捉《とら》われてぐいっと引き寄せられる。

キス。そういえば、あの夜もキスもしたんだろうか。

こうやって何度も、自分がちゃんと覚えていないだけで――

そんな疑問を覚える間にも口づけは深くなる。入り込んできた滝村の舌が慎重だったのは最初だけで、すぐに新しい遊び場を見つけた子供のように好奇心のままにあちこちを探り始めた。

ぞろっと上顎《うわあご》を舐《な》められると、体のどこかがざわりとなる。無意識に引っ込ませた舌を、滝村のそれは追いかけてきた。重ねる唇の角度を変えながら、深く押し入ってきた舌に、森尾はどうしたらいいか判らず、とりあえず嚙《か》んだら駄目だろうと懸命に口を開けた。

「……ん…うっ……あっ……」

息が上手《うま》くできないし、なんだか怖いし、閉じた目にうっすら涙が滲《にじ》んでくる。『ロマンチック』でも『可愛い挨拶』でもないと思うのに、不思議でならないのは、こんな息苦しい状況でも体がぞくぞくすることだった。

擽《くすぐ》られると、体が反応するポイントがある。摑《つか》まれたままの腕をびくつかせる度、滝村はその場所を執拗に嬲《なぶ》ってきて、森尾は苦しいのか気持ちいいのか次第に判らなくなってきた。

「……っ、んん…っ……も、もうっ……」

逃れようと頭を振ると、つけたままのメガネがカチャリと微《かす》かな音を立てる。

力の抜けてしまった手で胸元を押しやり、どうにか口づけから解放されて目を開くと視界が変わっていた。

天井が見える。いつの間にかベッドに横たえられていて、ふかふかの寝具に身を預けた自分を、滝村の整った顔が見下ろしている。

耳に『はぁはぁ』と響く音が煩《うるさ》い。けれど滝村は息を荒がせたりはしておらず、なにかと思えば自分の呼吸音だった。

胸が激しく大きく上下する。

「や……」

体と気持ちがばらばらになりそうだ。

否定の言葉を発しそうになると、滝村は微かに苦笑した。

「なんで？　キス、気持ちよくなかった？　続きもしようよ、俺上手いよ？」

「う、うまいって……」

「なぁ森尾、気持ちいいことは好き？」

「べ、べつにどうでもいいです」

「……酔ってもないのに、返ってくるわけないか。残念」

「なっ、なにが？」

なにを言っているのか判らない。

本当に残念そうな、少し淋《さび》しげな表情を見せるから、どきっと鼓動が乱れる。

また近づいてきた顔に緊張を漲《みなぎ》らせれば、拍子抜けする額《ひたい》へのキスだった。前髪を分け、小さな額に触れる。次は頬《ほお》、そして唇へ。油断ならない唇の行く先に意識を奪われ、投げ出した足の間に身を割り込まれたのには森尾はあまり気づいていなかった。

「あっ……」

股間を押し上げられる感触にびくっとなる。

際《きわ》どい場所に触れているのは、ベッドについた滝村の膝《ひざ》だ。

「当たって……」

小声で注意でもするみたいに言えば、しれっとした返事を寄こされた。

「当たってるよ。だって当ててるんだもん」

「あっ、あの……」

「なぁ、メガネ外してもいい？」

小首を傾《かし》げて顔を覗き込んでくる男は、そろりとした調子で尋ねる。

嫌というより現在進行形の下半身の問題のことで頭がいっぱいで、頷いた覚えはなかったけれど、メガネは外されベッドの傍らのどこだかに移された。

「俺の顔、見える？」

「こ、これだけ近かったら、見え…ますけどっ……なんとなく」

「そう、よかった」

「あぁっ……」

普通に話をしていたかと思えば、急に膝をずりっと動かされて声が出る。

「あし…っ、やめっ……」

「……足くらいでジタバタしてどうすんの」

耳元に唇を押し当てながら、滝村は擦《す》り寄せた足を何度も動かしてきて、森尾は飛び出しそうな声に口元を押さえて頭を振る。

「……ぅっ……ぁ……」

「おまえの、もう硬くなってる……ほら、こうやって触ると中で結構……」

「……ゃ……ぅっ……」

「さっきのキスで反応しちゃったんだな、やっぱり感度はいいな……」

「やっぱり……かんっ…ど、って？」

声を封じるのは両手だけが頼りだ。手のひらの下からくぐもる呻《うめ》きだけを響かせる森尾は、不意に遠ざかった男の顔に目を瞬《しばたた》かせる。

下のほうへと滝村の身は沈んで行った。

「……な……なに……？」

パンツのベルトを探り始めた指にうろたえる。

「おまえが声聞かせてくれそうもないからさ……もっと刺激的なこと、するか」

「いいですっ、そんなっ」

なにがなにやら判らないままとりあえず否定する。遠慮などではもちろんない。ないにもかかわらず、『いいから』とばかりにベルトを解いた滝村の指は、そのままコットンパンツの前を寛《くつろ》げていく。

「……っ、やっ……」

控えめなサイズながらも、緩やかに起き上がったそれを、滝村は白いブリーフをずり下げ探り出した。

背を丸めるようにして長身の身を屈《かが》ませた男に、森尾は『ひっ』となる。顔を寄せられて軽くパニック、なにをするつもりであるか悟った。

膝で肩の辺りを押しやろうとすればがっちり摑まれる。

「やっ、やめてくださいそんなことっ……きた、汚いしっ、はっ……はっ……」

「恥ずかしい？」

すっと目を細めた男はくすりと笑った。

「セックスなんて恥ずかしくて当たり前なんだから、気にすることないって」

「た、滝村さんも、恥ずかしいんですか？」

「俺？　う〜ん、俺はべつに平気かも」

「当たり前じゃない、じゃないですかっ……」

「だから、きっと慣れなんだって。何事も積み重ねだよ、早いとこと慣れといたほうがいい。男がこれくらいで恥ずかしがってたらカッコ悪いだろ、な？」

な、と言われても困る。

「ひ…ぁっ……」

軽く触れられていただけの性器に、きゅっと指を絡《から》みつけられ、喉奥から妙な声が出た。

「だっ、だめで…すっ……て……」

「けど、こっちはダメって言ってない。おまえ、ちゃんと構ってやってんのか？　仕事ばっかで、コレ……可愛がってやってないんじゃねぇの？」

「そんなことっ……」

「……俺に任せてみろって。今までで一番気持ちよくしてやるよ」

いつもの浮ついた調子と違う。本気を滲ませて急に低くなった声にぞくんとなる。

自分以外の手がそれに触れているというだけでもどうにかなりそうなのに、上下に扱《しご》かれると訳が判らなくなった。ぶわっと強い快感が溢《あふ》れる。滝村の手にすっぽりと収まって、二、三度往復されただけで綺麗に立ち上がってしまったものに、柔らかに湿った感触が纏《まと》わりつく。

張り出した先を、伸びてきた舌はくるりとなぞった。

「……んっ…うう……」

抑え込むにはあまりに強すぎる刺激に、口元の指の間から声が零《こぼ》れる。

「……ぁ、やめっ……」

じゅっと浮いたばかりの雫《しずく》を啜《すす》られ、上がる声は泣きそうに震えた。

感じやすい尖端《せんたん》を生暖かな粘膜が包み込む。舐め溶かそうとでもするような口淫に、押さえ込まれた腰がぶるぶる震え出す。

「……ぁっ……ぁっ……」

声はもう、断続的にリズムを打つかのように漏《も》れていた。どのみち黙っていられても同じだ。咥《くわ》え込まれたものは、森尾の意思に反して快感に従順で、男の口腔で小刻みに弾んでは堪《たま》らなく感じているのを知らしめる。

こんなことが自分の身に起こるなんて、信じられない。

「……気持ち……いいか？」

括《くび》れに唇を押し当てられただけでも感じた。

「ここ、こうするの……おまえ好きだったもんな……」

「……ぁんっ……やっ……」

勝手に溢れ出て来るあられもない嬌声に、言葉の意味を考えるどころではなかった。腰が蕩《とろ》けていく。強制的に緊張は解かされ、与えられる快感のことだけで頭は隙間《すきま》なくぐちぎちに占められていく。

ほかのことなんて考える余裕がない。

「……ちょっと尻、浮かせてみろ」

求めにもよく判らないまま応じてしまい、まだ穿《は》いていたパンツや下着は、ずるっと皮でも剝《む》かれるみたいに脱がされてしまった。浮き上がった足をそのまま大きく割られる。赤子のような恥ずかしいポーズに、森尾は少し我に返って『嫌だ』と身をくねらせた。

「たっ…滝村さん…っ……」

遠くて見えづらいけれど、ぼんやり蕩けた視界の中でも、滝村がそこを見つめているのが判る。泣きそうになって体を捩《よじ》っていることすら興奮するのか、注がれる視線に熱を感じた。晒《さら》されたところが熱い。

熱くて、どんどん濡れてくる。浮いた先走りが、ピンと張った裏っかわを伝い下りる感触すら、火照《ほて》った肌が騒いで平静でいられない。

「おまえの、可愛いよなぁ……咥えやすいし、感じやすいし」

滝村の声は陶酔でもしたかのように響いた。

聞き捨てならない言葉だ。小さいと揶揄《やゆ》されるとしか思えない言葉に、コンプレックスを突かれ、森尾は消え入りそうな声で抗議する。

「くわえ…っ…て、それ……ひどっ……」

セックスを望む気持ちが薄かったとはいえ、そっちのほうは自分なりに気にしていた。

「酷くないだろ？　可愛いって言ってるんだよ、ホントに……可愛いんだ、堪らなく……」

いつもそうやって、ベッドでは誰もを思いどおりに陥落させているのだろうか。そう疑ってしまうほどに、自分に向けられているとは思えない甘い声だった。

「ひぁっ……んっ……」

勃起した性器を再び飲まれる。じゅっじゅっと聞えよがしな音を立ててしゃぶられ、森尾は羞恥《しゅうち》のあまりしゃくり上げた。

「あっ、あ……なんか、出て……もっ、嫌…だ……滝村さっ……」

とろりとしたものが次々と浮き上がるのを感じた。滝村の口の中へと溢れさせているのが判る。零れる傍から吸い取られ、その度に強く音は鳴る。

しっとりと表面の湿って硬くなった二つの球までやんわりと大きな手で揉《も》み込まれ、弱い場所を他人の手で弄《いじ》られているという状況にぼろぼろと涙が出てきた。

森尾にとっては、非現実的な行いだった。

怒濤《どとう》のように押し寄せてくる。

未知の快感も、感情も。

悪戯な男の手は、すべてを知ろうとでもいうように狭間《はざま》のあちらこちらを彷徨《さまよ》い、後ろのほうまで行ったり来たりする。硬く閉ざした窄《すぼ》まりの上を、滝村の指はするっと撫でた。一層張り詰めたものを口であやしながら、気になってしょうがないとでもいうようにそこを弄られ、森尾の啜り泣く声は大きくなる。

指の背で掠めて触れるのみだったのは最初だけで、やがて柔らかな指の腹がそこを狙いすまして撫で摩《さす》るようになった。

今にも潜り込んできそうな指先に、じわっと綻《ほころ》び始めた縁が熱くなる。

「もう……そこ、いや…だっ……」

堪え切れなくなった森尾の声は、泣きごとのように響いた。

「……嫌？」

「さわ…るだけだって、言ったっ…のに……」

「これも触るだけだろう？」

「やっ……嫌ですっ、だ…って……」

そんなところに触るのは、やっぱり普通のセックスとは違う。

正しい森尾の思いも、滝村の甘く響く声は覆そうとする。

「ヤじゃないって、な？　ほら、すごい前もとろとろだし……見てみろよ」

「あっ……んぅ……」

ちょっと啄《ついば》まれただけで、舐め溶かされた性器は弾《はじ》けそうになった。

ぼうっとした視界でも判る。口から抜き出されたばかりの昂《たか》ぶりは淫《みだ》らに濡れ光り、見たこともない形や色をして今にも弾けそうに卑猥《ひわい》に起き上がっていた。

「な……セックス、気持ちいいだろ？」

「……こわ……怖い」

「怖い？　って、なんだよ……俺が怖いのか？」

メガネがないせいではっきり見えないのに、滝村が嫌そうな顔をしたのは判った。

森尾は少し考えて首を横に振る。

べつに滝村が恐ろしいわけではない。

「しょうがないな……まぁ約束だしな。とりあえず一度、出しておくか」

そろりとした動きで、また唇が押し当てられた。自分の体なのに、まるで滝村のほうがなにもかもよく知っているみたいだ。ほんの短時間の間に、感じる場所も動きも、みんな知られてしまっている。

「あ、いやっ、いやっ……」

嫌だ嫌だと頭を振ってしまうほどに、急速に快感は駆け登ってきた。さっきまでは意識的に滝村がはぐらかして、そのときを長引かせていたのだと知る。

口に咥えられて扱かれたらもう、我慢できなくなった。

無意識に腰が揺れる。両手に抱かれた尻を揺さぶってしまい、柔らかな布団に埋もれた身に突っ張るような力が籠《こも》る。

「も……っ、あっ……るっ、出るっ……あぁっ！」

射精はすぐだった。よく知る感覚が下腹部に訪れ、飛沫《しぶき》が弾け出る。

ただいつもと違うのは、それが滝村の口腔であることだ。逃げ退《の》くどころか、深く森尾を包み込んだ男は、解き放ったものを躊躇《ためら》いもなしに飲み下す。

「あ……たき、むらさ……」

ぬるりと抜き出される瞬間さえ、快感だった。零れた残滓《ざんし》までをも舐めとられて、どうしたらいいのか判らなくなる。

「……どうした？　気持ちよかったろ？」

ベッドが軽く揺れた。身を起こして顔を覗き込んできた男は、もう何事もなかったかのような顔で、ますます自分ばかりが狼狽《ろうばい》している気がしてならない。

「セックスっていいよな。こうやっていっぱい相手のイイところも、今まで知らなかった顔とか声とか、いろいろ知って……距離が縮まらないわけないし」

額を押し合わせようとされて、森尾は見られることに堪えられずに、ついと顔を背ける。達したばかりの体は熱くて、頬はきっと火を噴きそうなほど赤い。

「……あなた……やっぱり嘘つきだ」

「え？　今俺、すごくいいことしか言ってないと思うけど」

「セックスなんて意味ないって……腕振るのと変わらないって、シャワー浴びたらなんにもなかったのと同じじって言ったじゃないですか」

「……違っちゃったら、まずかったか？」

熱っぽい体を抱かれる。腕を絡みつけられて、そんなことを言われたら、否定できなくなってしまうと森尾は思った。

「……た…滝村さん？　え、あ……なに？」

もどかしげにシャツをたくし上げ、下からボタンを外そうとかけられた滝村の指に戸惑う。

「もっと触りたい」

切羽詰まったような声は、直接耳の奥に響いた。唇で耳朶《じだ》を食《は》んだ男は、逃すまいと片腕で腰を抱き、続きをせがんでくる。

「それは、もう…っ……」

「まだできるだろ？　触るだけって約束したから、最後までヤらせろとも、触れとも言わないからさ……」

欲しい。触れたい。何度も繰り返されるうちに、拒もうとする気持ちは失《う》せていく。

それは言葉の魔法なのか、受け入れてもいいという思いが芽生えてくるからなのか。

けれど、ただ流されているだけだと思うには、滝村の触れる前から森尾の体は再び熱く昂ぶっていた。


「なぁまだ怒ってんのか、森尾くん？」

ベッドの端で布団の大半を奪い取るような形で森尾が丸まっていると、隣でヘッドボードを背に座った男が、ご機嫌でも伺うみたいに声をかけてきた。

「風呂に湯を張ってやるからさ。頭からつま先まで綺麗に洗って、ぬくぬくあったまったら、いつものピカピカのおまえに戻るって。なんなら俺が洗ってやろうか？」

滝村は自分が怒って不貞腐れたと思っているらしい。セックスなんてなんでもないことのように言ったのが、真っ赤な大嘘……やっぱり一大事であったのを許さず、こうして背中を向けているのだと。

理由はちょっと違う。けれど、相変わらずの軽口の男が余計な一言までつけるものだから、引き続き口を閉ざしてしまった。

微かな溜《た》め息が響く。一緒に黙るのかと思いきや、なんの気ない調子で滝村は呟《つぶや》いた。

「……そういえばさ、最近蓑虫《みのむし》って見なくなったと思わない？」

布団を奪い取って丸まった姿が似ているとでも、どうせ言いたいのだろう。

森尾は呆《あき》れつつも、ちらと背後を振り仰いだ。

「見かけたら幸運だと思って下さい。蓑虫は今や絶滅危惧種に入ろうかって昆虫ですから」

「えっ、マジで？　あの、子供んとき蓑毟《むし》って中身確認したり、毛糸で蓑作らせたりしてたやつがレッドリスト？　そういや、本気で全然見ないかも……」

どうやら真剣に驚いているらしい。くだらないことを語る顔を見ると、ついさっきまで自分にいやらしいことをしていたのと、同じ男だとは思えない。

けれど、だらしなく乱れたままの服や髪は、ベッドで揉みくちゃになるようなことをした証拠だった。

体は汗ばんで、まだそこかしこが湿っている感じがする。言われたとおり、洗い流してさっぱりすればいいのだろうけれど、起き上がるのも億劫《おっくう》な気分だ。

結局、滝村が一度達する間に、三回も森尾はイってしまった。滝村は自らの手ですませただけ。けれど、最後のほうは少し歯止めが利かなくなったのか、自分のそれと一纏めに扱かれ、なにもかもが初心者な森尾はまた羞恥に身を焦がす羽目になった。

全部初めてだった。少なくとも、記憶にある限りは。こんなに立て続けに射精したのも、気持ちよすぎてどうにかなってしまいそう……なんて感覚も。

──そう、嫌じゃなかったから困っているのだ。

騙《だま》されたのには違いない。

忘れられるわけがない。こんなことをして、シャワー浴びたくらいで。

嫌いだの強姦《ごうかん》だのかつては騒いでいた男に触りまくられて、めいっぱい感じてしまう自分はなんなのだろう。

正しい行いであるはずがない。男同士であるのももちろんそうだし、相手は……滝村なのだ。

森尾は、もう一度そろりと背後を窺った。

「滝村さんって……」

思わず口にしかけて言葉を飲んだ。

「なに？」

「いや、いいです」

「なんだよ、言いかけたんなら最後まで言えよ。気になるだろ？」

なんでもさらっと言えてしまう男とは違う。森尾は背を向け戻し、布団の端を抱くように引き寄せ直してやっと言う。

「……滝村さんって、男ともいつもこういうことしてる人なんですか？」

「は？　俺がバイかってこと？」

「バイっていうか……」

『上手い』とかなんとか、自信ありげに確か言っていた。実際、看板に偽りはなかったわけで、自分はこんなことになってしまったわけで、男相手も慣れていると考えるのが妥当な気がする。

「男としたのはおまえが初めてだよ」

隠し立てなんてする様子もなく、性にオープンな男はあっけらかんと予想外の答えを寄こした。

「……そうなんですか？」

「まあ、女の子で手一杯だったからなぁ」

不意にベッドが振動して、びくりとなった。

ほぼ同時に肩先に手が伸びてくる。

「ていうか、そんな質問するってことはすごい気持ちよかったってことか？」

「なっ……なんでそうなるんですか」

「だって、慣れてるって思ったたってことはそうだろう？　メロメロになるほど気持ちよくって、あんまりいいもんだから、『あら、この人、上手なのはいつもやってるからなのかしら？』ってそういう意味だろ？」

「べ、べつに違います。あなたのことだから、男とも乱れた生活をしててもおかしくないなってふと思っただけです。ていうか、なんで女言葉なんですか、気持ち悪いな」

妙に鋭い男に慌てて反論する。必死さが余計に怪しかったに違いないけれど、滝村はそれ以上追及してはこなかった。

ただ、肩先に伸びた手がそのまま胸元へと回ってきた。

ぐいっと引き寄せられ、『うわ』となる。

「蓑虫ゲット？」

布団の中から抜き出すようにして抱かれ、締めつけに身を振りほどくこともできない森尾は、目を伏せて口先だけで言い返した。

「……馬鹿なこと言わないでください」

「可愛くないなぁ、素直に気持ちよかったたって言ってくれりゃいいのに」

ぼさぼさになってしまった森尾の黒髪に鼻先を埋《うず》める男は、ちっとも堪《こた》えた様子がない。

言えるわけがないと思った。

だって、言えば本当のことになってしまう。滝村の言葉はいつもどこまで本気か判らないけれど、自分の口にする言葉は本当になる。

「可愛くなんて……」

言いかけて、森尾は言葉を途切れさせた。ぎゅっと自分を抱き締め、甘えるように身を寄せてくる男の腰のものがまだ僅かに兆しているのに気がつく。

熱が去ったわけではない体。あんな短い一度きりでは滝村は満足できてはいないのだろう。

自分はなにも与えていない。

けれど、滝村はそれについては不満を言うでもない。約束だから、触れたのも一方的な求めだったから……訳はちゃんとあるけれど、森尾が今なにも言えずにいるのは、ただ一つの理由だった。

——変なところで優しいから困る。

本当に困るのだ。

こんなことをされると。

翻弄《ほんろう》される思いも知らない男は、くすくすと楽しげな笑い声を立てて言った。

「まぁなんでもいいか、今日は蓑虫見つけられたし。な、俺って幸運だろう？」


十二月。街はもう冬の装いだった。

昼の気温はまだそう低くはないけれど、師走《しわす》の街に出ると、すっかり気分は冬だ。

この季節だけ目にする赤やゴールドといったクリスマスカラーのディスプレイが目に飛び込んでくる。リアルタイムな情報が売りの『レクラン』でも、ここ数週は年末の一大イベントに向けた特集が続いていた。

「可愛いでしょう？　そちらのデコレーションの雪だるまは、ホワイトチョコのマカロンなんですよ」

森尾は取材に訪れたカフェの店先で、オーナーでパティシエでもある女性から話を聞いていた。店頭販売のショーケースには、クリスマスならではの見た目に美しく楽しくもあるケーキや焼き菓子が並んでいる。

「最近はクリスマスプレゼントにちょっとしたお菓子を添えて贈る人も多いですから、以前よりずっと手頃な価格のものも揃《そろ》えています」

「男性向けもあるんですか？」

「男性へ……ですか？」

「あ、いや……」

ふとした思いつきだった。なにも考えずにするっと出た問いだったけれど、オーナーは勝手に『レクラン』の女性読者層のための質問と思ったらしく、並んだ菓子を見渡す。

「そうでした、読者さんは女性の方が多いんですよね……男の方へのプレゼントに添えるんでしたら、シュトーレンなんかはどうでしょう？」

「シュトーレン……本場ではクリスマスを待つ間に食べるお菓子ですよね？」

「ええ、ちょっと早めに会う方に差し上げるのもいいと思うんです。お酒好きの男性にぴったりなのもありますよ。これは洋酒に漬け込んだシュトーレンなんですけど、自家製のマジパンをたっぷり練り込んでて、食感もいいんです。マジパンはカカオとヘーゼルナッツを使ってます」

「へぇ……美味《おい》しそうですね。隣のはドライフルーツのシュトーレンですか？」

「そちらもお勧めですよ。シンプルな定番タイプですけど、ドライフルーツは通常より多く使ってます。試食してみますか？」

「ええ、是非お願いします」

森尾は案内された店の片隅の席へと向かった。写真を撮るのにも使わせてもらっていた、採光のいい窓際の席だ。次号の特集では最も大きく扱う予定の店で、撮影は店がオープンしてすぐからフリーのプロカメラマンに入ってもらい終えたところだった。

取材は森尾一人が残り続けていた。

気がつけば時間も十時半を回り、客の姿も増えて来ている。数人で回している小ぢんまりとした店だ。切り分けられたシュトーレンを前に話を続けるも、立て続けに客が入ってきて、オーナーはそちらの手伝いに離れてしまった。

テーブルの森尾は録音していたICレコーダーを止め、試食しながらメモを取り始めた。

マジパンが多く使われているだけあって、独特の食感だ。外はさっくりしているのに、中はしっとりとしており、チョコレートケーキのような風味である。洋酒の強さが正直ちょっときつい。けれど、アルコールの苦手な自分ではなく滝村だったら――

さらさらと動かしていたペンを、はたと止める。無意識に滝村のことに考えが及んでいた。ただ菓子を食べただけ。なにも目の前に思い起こさせるものなど、ないはずなのに。

このところ頻繁にこういう瞬間は訪れる。まるで関係のないときに頭を過《よ》ぎることもあるけれど、大抵はこうして仕事でカフェの取材をやっているときだ。

試食しては『滝村が好きな味かもしれないな』と思ったり、店内の印象を書きとめるうちに、『滝村と食事をするのに使えるかも』と考えたり。さっき男性向けなんて咄嗟《とっさ》に尋ねてしまったのも、そのせいだろう。

こんな感覚には慣れない。

なにが問題かって、それが煩《わずら》わしいとは特に思わないでいる自分だ。

ただの取材対象でしかなかった菓子や店も、誰かに渡す場面を想像したり、連れてくることを考えると見る目が変わった。仕事の面において、この状況は悪くないのかもしれない。

けれど、滝村を思い出す度、最近はいつも最後には考える。

そもそも、この奇妙な関係は一体いつまで続くのだろう。

自分が終わりと言えば、そこで終了なのか。

――では、もし終わりを告げなければ？

森尾はテーブルから顔を起こす。店のオーナーは一向に戻ってくる気配がない。

店内に視線を巡らせた森尾は、すぐ傍の丸テーブルの女性に目を止めた。

客がいるのに気づいてはいたが、意識していなかった。紺のタートルネックセーターにジーンズ、傍らの椅子にかけられているのもグレーのコートと目立たない服装の上、こちらには背を向けて座っていて顔も見えづらい。

けれど、女性が椅子上の鞄《かばん》に手を伸ばした拍子に『おや？』と思った。

メガネをかけているが、横顔に覚えがある。

「……久保《くぼ》さん？」

小声だったが、取り出した本を開き見ていた彼女は首を捻《ひね》った。森尾の想像どおり、こちらを向いたのは会社の事務の女子社員、久保文音《あやね》だ。

「あ……森尾さんですか？」

彼女も今初めて気がついたようだけれど、普段から喜怒哀楽のはっきりしないその表情にあまり変化はない。

声をかけてしまった以上、なにか喋らなくてはと森尾はうろたえる。

「え、えっと、今日は休み……ですよね」

「ええ、家が近いのでここにはよく来るんです。森尾さんは、お仕事ですか？」

「はい、まぁ……取材です」

「そうなんですか、おつかれさまです」

到底弾んでるとは言い難い会話にも、久保に焦った様子はない。社内と同じく至ってマイペース。けれど、彼女が淡々としてくれるおかげで、世辞にも女性との会話が得意とは言えない森尾も落ち着きを取り戻せた。

そのままテーブルに向き直ろうとした彼女に、思い切って声をかけてみる。

「あの、久保さん、よかったら協力してもらえませんか？　今日はクリスマス直前の号の取材で来ていて……その、常連さんでしたら店の感想とか」

記事にするとっかかりは一つでも多いほうがいい。久保は別段迷惑そうな顔は見せず、了解を取った森尾は、メモ帳片手にテーブル越しの向かいの席に移動した。

「久保さんは今日はなにを？」

「ソイラテにシュリンプとアボカドのサンドイッチです」

「ランチ……いや、モーニングですか？」

「両方です。休みの日は朝ご飯を食べないので、出かけるときはランチと一緒にすませることが多いですね」

この店はサンドイッチも美味しいそうだが、今日の趣旨に合わない。

久保はその辺の事情はきちんと理解しているらしく、自ら話し始めた。

「この店でクリスマスケーキを頼んだこともありますよ。シンプルなチーズケーキだったんですけど……ここのは風味が結構独特でクセになります。タルト系は甘いんで、ちょっと好みが分かれますね。うちの母は好きみたいですけど、私は苦手かな」

久保は内気で口数が少ないというより、必要以上の無駄話をしたがらない性格らしい。いざとなればはきはきと話す彼女に、森尾は少し驚いた。言葉に飾り気がない分、ストレートな感想を知るには役立つ。

「そうだ、久保さん……よかったら、これ試食してみてくれませんか？　僕はまだ手をつけてないんで」

森尾は自分の席から小皿を持ってきた。雪だるまのマカロンが載っている、クリスマス限定の店一押しのチョコケーキだ。

店の限定商品であろうと、彼女の意見は率直だった。

「マカロンは甘さがキツ過ぎて日本人の舌に合わないっていうか、苦手なのが多いんですけど……これは優しいですね。ホワイトチョコだからかな、買ってもいいかも」

ケーキの味は普通。トッピングは意外に気に入ったらしい。本来女性であれば興奮しそうな、視覚的な可愛さにはまったく無反応だったけれど、『買ってもいい』とは最大の褒め言葉だろう。森尾は久保の意見をメモ帳に書き留めて置いた。

「ありがとうございました、すみません、読書中に邪魔をしてしまったみたいで……」

カフェを読書の場にしている人は少なくない。テーブルの片隅で閉じられたハードカバーの本に目を向けた森尾は、装丁に見覚えがあるのに気がつく。

「その本、『ファイブカード』ですよね」

メガネ越しの眸《ひとみ》を久保は瞠《みは》らせた。

「よく知ってますね……あ、そういえば森尾さんって前は文芸でしたっけ」

「いや、それで詳しいわけではなくて僕のは……た、ただの本好きです。その短編集はちょうど僕も読んだばかりで、カードに纏《まつ》わる小話の連作なんて面白いなと思ってたんで」

新人作家の短編集だった。雑誌の不定期連載が、数年がかりでようやく一冊に纏められたものだ。知っているのはおそらく珍しい。大して期待もせずに読んだところ、『カード』という小道具をテーマに選んでいて興味深かった。

メッセージカード、クレジットカード、カードといってもいろいろある。

森尾の話に、久保は思いがけず身を乗り出してきた。

「森尾さんは、どれがお好きでしたか？」

「え……？」

「私も一度読み終えてるんです」

「えっと……一般的にはトランプの話が評判だったらしいんですけど、僕はプラカードの話がよかったかなぁ。道端のプラカード持ちって確かに暇そうだし、なに考えて立ってんのかなぁってちょっと気になるし……」

「私もです！　私もプラカードの話が一番印象的でした。リアルな怖さもあるっていうか。オチは地味でしたけど、その話だけもう二回読んでしまったくらいなんです」

「あ……き、奇遇ですね」

久保は急に雰囲気を違えたかのように会話に積極的だ。イキイキと話す彼女に押され気味になりながらも、森尾も悪い気分ではなかった。マイナーな本の話で人と盛り上がれるなんて、滅多にあることではない。

「森尾さん、最近はほかになにを読まれました？　今読んでる本とかあるんですか？」

「最近だと……」

取材中であることも忘れ、頭を回しかけたときだ。なんとなく泳がせた視線の先に見つけたのは、入り口のショーケースの前に立つ知った顔だった。

森尾の表情は強張る。

オーナーが応対しているのは、カップルらしき男女の二人連れだ。目を輝かせたように熱心にスイーツを選んでいる女性に比べ、無関心そうな男がこちらを向き、目が合うと驚いた顔で真っ直《ま》ぐ《す》にテーブルまで向かって来る。

このあいだとは違い、スーツではなく私服姿の谷江《たにえ》だった。

「嘘だろ、マジで森尾かよ」

二度と会いたくもなかった男に、森尾は椅子の上の身をやや引かせる。

「ああ……なんかよく会うね」

反応はそっちのけで、男はじろじろと見た。

自分ではなく、目線の先はテーブルを挟んで座った久保だ。急に割り込んできた他人の存在に、彼女は気を使ってか目を逸らしているというのに、不躾《ぶしつけ》な男は周囲まで響きそうな声で言う。

「もしかしてデートかよ⁉」

「え……」

そう来るとは思ってもみなかったので、一瞬言葉を失った。

「ごめんごめん、お邪魔だったかな。おまえが彼女連れでいるなんて、思わないもんだからさ」

「ちっ、違うよ、彼女は会社の同僚だ。たまたまここで会っただけで……」

「べつに隠す必要ないだろ。社内恋愛禁止とか？　アイドルみたいだな。そういやおまえ会社でモテるんだっけ？」

中高生じゃあるまいし、まだ他人の異性関係が気になってならないのか。

「そんなわけないだろう」

「こないだおまえの上司だか同僚だかいう人が言ってたじゃん。べつに謙遜しなくていいって。社会人のモテの基準って、学生とはどうしても変わってくるもんなぁ。やっぱ会社の名も大事っていうか……」

まるで会社のネームバリューで、自分がモテているかのような言い草だが、それはどうでもいい。

問題は無関係の久保に絡んでくることだ。

「おまえと気が合いそうな彼女だな」

「か、関係ないって言ってるだろう」

「嘘つけ、隠すなよ。だっておまえにそっくり、メガネにオタク趣味」

耳元に顔を近づけて声を潜める素振りは見せているが、形ばかりで周囲に筒抜けだ。

あまりの暴言に啞然《あぜん》となった。顔を引き攣《つ》らせた久保の表情が視界の端に留まり、あろうことか谷江は小さくぷっと噴き出す。

「あ、彼女会計終わったみたい。呼んでるから、じゃあな」

悪びれもせず行こうとする男に、なにか言わねばと焦ったけれど、すぐに動き出せなかった。頭も回らず、食ってかかる勇気もない。電車で滝村がさらりとやってのけた行為が、どれほどの行動力を必要としたかを身をもって知る。

言わなければ。あのときの滝村と同じように、自分のためではなく——

「た、谷江っ、おまえ待て……」

森尾はばっと立ち上がった。思い切ったはいいものの、勢いよく追おうとしてテーブルの上のグラスに手を引っかける。

『あっ』と思ったときにはもうグラスを倒していた。零《こぼ》れた水に氷。派手な音も響き、飛んで来たのは行ってしまった谷江ではなく、店の従業員だ。

「だっ、大丈夫ですかっ！」

「すみません、倒してしまって……片づけ、手伝いますから」

「いえ、気になさらないでください。クロス持ってきますね」

恥ずかしい。周囲のテーブル客も注目しており、店先に戻った谷江も彼女とちらとこちらを見ている。きっと笑っているに違いない。

「ごめん、君の本まで濡れてしまって……」

自分のことはどうでもよかったが、久保に申し訳なかった。ジャケットのポケットから慌てててハンカチを取り出そうとすると、彼女はそれを制した。

「いえ、ハンカチなら自分のがありますから。ありがとうございます」

「え……」

礼を添えられた理由が判らない。

彼女は戸惑う森尾に微笑《ほほえ》んで言った。

「森尾さん、今怒ろうとしてくれたんですよね？　私のために」

「そりゃあ、残念だったな」

広い皿の上の肉を切り分けながらそう口にした滝村は、自分の声がふと尖《とが》っている感じがした。

雰囲気のいいレストランのテーブルの向こうには、女性ではなく、サラダのベビーリーフをウサギのようにぼそぼそと食べている男が一人。昼は取材があるというので、食事でもしようと夜になって待ち合わせをした森尾は、いつもどおり仕事の話ばかりをしていた。

取材先のカフェで、偶然事務の久保文音に会ったと言い出すまでは。

記事の参考に協力してもらったらしい。それだって仕事に違いないが、相手は森尾の消去法で判明した理想の女性だ。

彼女は休日でも地味なばかりか、読書を趣味にしていたとかで、森尾とのシンクロ率の高さったらない。

「で、帰りは一緒に帰ったんだろう？」

今度は殊更《ことさら》優しい声音を作って言った。不服を覚える理由などあるはずもないからだ。

ほとんど黒で統一された店には、壁際に水の流れ落ちるディスプレイがあり、そのせせらぎの音に乗るかのように、滝村の声はさらりと響く。

店内は仄暗《ほのぐら》く、中庭に面した窓は鏡のように互いの姿をよく映し出していた。

ガラス窓を介して盗み見た森尾は、仕事の話とさして変わらぬ調子で応える。

「まぁ……店は一緒に出ましたけど。ちょうど取材が終わる頃、彼女も帰ろうとしていて、駅まで歩きました」

「……それから？」

「それからって？　それだけですよ。久保さんは買い物するとか言ってましたけど」

「はぁ、なんだそれは。せっかく脈ありだってのに、お茶の一つも誘わなかったのかよ。もちろんメアドなんかも訊いてないんだろうな。さすが、森尾くんというかなんというか」

「みゃ、脈ってなんですか。ただ偶然一緒になっただけですよ。たまたま同じ本を読んでいたから、少し話が合ったくらいで……」

「おまえと話が盛り上がれる奴なんてそうそういるかよ」

思わずまたきつい物言いになってしまった。

中庭を眺める素振りで、自分が窓越しに見つめているのには気づいていないのだろう。森尾は判りやすいむっとした表情を見せる。

「そうですか、じゃあ残念でしたね。盛り上がるほど話してません。趣味の話になったら結構喋る人なんだなとは思いましたけど、途中で店に……」

急にガラスの中の表情が曇った。

「途中で？　なんかあったのか？」

滝村が顔を真正面に戻すと、メガネ越しの眸はどこか不安そうに揺らぐ。

気を取り直したように森尾は首を振った。

「いいえ、なにも。とにかく、僕は次の取材もありましたから、久保さんと駅で別れたのは至って普通の対応です」

なにがあったのか知られたくないらしい。久保とのことを秘密にされたのかと思うと、またもやもやと正体不明のものが胸に広がるが、滝村はくすりと笑って流した。

「相変わらず仕事熱心だなぁ、森尾くんは」

「なんか滝村さんにそう言われると、バカにされてるみたいなんですけど」

「事実だろ。俺はおまえほど仕事熱心じゃない。今日も昼過ぎまでゴロゴロしてたし」

何気ない言葉だったが、やや詰問口調で森尾が訊き返してくる。

「どこでですか？」

「え、どこって、家に決まってんだろ。ほかにどこがあるっていうんだよ？」

「あ、いや……」

訳が判らない。また歯切れの悪くなった森尾は、手をつけずにいた魚のほうにフォークとナイフを移しながら申し訳なさげに言った。

「じゃあ今日はわざわざこんな時間に出て来てもらったんですね、すみません」

「べつに、俺も家にいたって誰かメシを用意してくれるわけじゃないし。それに、そろそろおまえとクリスマスの予定を決めておくのもいいかなぁって思ってたし」

「クリスマス？」

「そう。『物品三万円以上』のプレゼントの話だけど、具体的におまえなにか欲しいものあるのか？」

条件めいた交際内容の一つだ。

女性へのプレゼントなら選び慣れている滝村も、物欲薄そうな森尾の欲しいものは想像しづらい。

「いいですよ、そんな高いプレゼントなんて」

「はぁっ!?　今更なにを言ってんだおまえは。それが俺を許す条件の一つじゃなかったのかよ」

しょっぱなから責任を取れと携帯の登録アドレスを全消しし、デートの妨害をしまくって足代わりに使っていた人間の言うこととは思えない。

「条件ってわけじゃ……ていうか、随分気合いが入ってるんですね。滝村さんがクリスマスに拘《こだわ》るとは思わなかったです」

そんな風に言われると、まるで自分が楽しみにしているかのようだ。

滝村としてはただ森尾を満足させたいだけだった。責任問題が関わっているのもあるけれど、付き合っているのだから当然という気持ちもある。

そもそも、どうして付き合っているのかといったら——やっぱり好きだからだろう。

でも、なにかが違う。森尾にちょっかいをかけ始めた時点から、自分は『惚れた』と思っていた。けれど、今こうしている理由は、それだけでは片づかない気がする。

森尾を前にする度、ときどき頭を過ぎるあの思い出。恋であるとさえ気づけないでいた、まだ学生だった頃の記憶が再び蘇《よみがえ》りそうになり、滝村は思考を断ち問い返した。

「そういうおまえはどうなんだよ、森尾。統計どおりのクリスマスじゃなくていいのか？　俺たち、一応恋人なんだし？」

「その『一応』って……」

「なに？」

「いや、『一応』っていつまで続くのかなぁとふと思ったっていうか……そういえば、期限とか決めてませんでしたよね」

期限なんて考えてもみなかった。

でも、『お試しで付き合ってみない？』なんて具合に持ちかけたのは自分だ。疑問はもっともかもしれないが、考えてもみなかったものは、当然答えだって用意していない。

「べつに納期みたいに堅苦しく決めることはないだろ。入稿じゃないんだからさ、時間に追われんのは仕事だけで充分だ」

「……まぁそうですね。じゃあ……臨機応変に」

「そうだな、おまえがもし……消去法の彼女と上手くいくようなことがあったら、俺もお邪魔にならないように身を引くよ。だから、安心しな」

もしや、急に確認してきたのはそういうことかもしれない。

久保と話をして、今まで敬遠していた恋愛を始める予感でもしたのか——

「やめてください！」

テーブル越しに飛んできた声に、滝村は目を剝く。

「あ、えっと……『消去法の彼女』なんて、変なあだ名で呼ばないでください。く、久保さんに失礼じゃないですか」

「ああ……まぁそうだな。悪かったよ」

他人にはほとんど無関心だったくせして、ムキになって女性を庇《かば》うなんて森尾らしくもない。それこそが、彼女に特別な意識を持った証拠ではないのか。

そう思いつつも訊かなかった。どうも自分は彼女が絡むと嫌な気分になる。

変なムードになってしまい、結局クリスマスの話も早々に切り上げた。口数も少なくなったまま続けた食事は、コースだったためか思ったより時間を費やした。

元々待ち合わせをした時間も遅く、店を出る頃にはもう十一時近くだ。

「滝村さん、どうかしたんですか？」

路地を歩き出すと、少し遅れて歩く森尾が問いかけてくる。言われて初めて、自分が足早になっていることに気がついた。

「……え、べつに。なんでだ？」

「なんかちょっと、いつもと違う気がして」

「おまえこそ、あの店好きじゃなかったか？」

昼はまだ秋のような陽気だったのが嘘のように、夜は冷たい風が吹いていた。ジャケットの前を掻《か》き合わせながら、小柄な森尾は不思議そうに仰ぐ。

「どうしてですか？」

「おまえ、あんまり食が進まないみたいだったからさ」

「ああ……すみません、今日は取材でちょっと昼に甘いもの食べ過ぎたんで、胃がもたれてしまってたみたいで」

「そっか、じゃあもっと軽めのところにしておけばよかったな。あそこは何年か前にオープンして、まぁそこそこの店だったんだけど、今年オーナーシェフが変わって密かに評判だって聞いたからさ。『レクラン』で使えるかもと思って」

「滝村さん、もしかして、いつも僕の仕事を気にして店を考えてくれてるんですか？」

改めて問われるとも思ってなかったので、滝村は少し慌てた。

「まぁ、よさげな店があればね。都内には店は五万とあるから、おまえが情報収集できてない店も山ほどあるだろ？　胃袋は一つなんだし、仕事とデートを兼ねるのは得策かってさ……つか、俺も美味《うま》いものが食いたいし？」

照れ隠しのように掻き上げた髪の間を、夜風がひやりと抜けていく。まだ森尾が見ている気配がして苦笑した。

「しっかし、食べ歩き芸人みたいだな、おまえの仕事って。気をつけないと体壊すぞ。腹もうぽっこり出てたりして」

「で、出てませんっ」

「そうだなぁ、おまえちょっとやせ過ぎてるぐらいだったもんな」

うっかりこないだのことを匂わせてしまった。

口は災いの元。せっかく和《なご》んできたというのに、森尾は顔を背ける。俯《うつむ》き加減になって歩く男の旋毛《つむじ》を街灯の明かりに見た滝村は、『あーあ』と呟いてしまいたいところだ。

部屋に森尾が来てから半月余り。あれから変わりなさそうに見えて、どうやら少し警戒されている。ちょっと手を伸ばしただけで『ぴゃっ』とそれこそウサギのように飛んで避けられることもある。ウサギのほうがもっと簡単に懐くんじゃないだろうかと、自虐的に思ってしまうくらいだ。

——そんなに嫌だったのか？

腕の中に抱いているときは、いつだってそうは見えないのに。

互いにまた言葉もなくなり、人気《ひとけ》の少ない裏路地を歩き続けていると、角を一つ曲がったところで森尾が口を開いた。

「滝村さん、駅に向かってたんじゃないんですか？」

「ああ、言ってなかったっけ？　今日は俺、車で来てんだよ。だから家まで送ってやる。仕事で疲れてんのに、電車乗り換えんのも面倒だろ？」

電車なら酒を飲んでいる。今夜はアルコールは一切なしだ。

車はコインパーキングに停めていた。入るときには満車だった駐車場も、この時間となると車の姿も疎《まば》らだ。

精算をすませて車の傍に立つと、助手席に回ろうともせず足を止めた男がぽつりと呟いた。

「相変わらず優しいんですね」

滝村は森尾の顔を見る。

「なぁ、おまえのそれって、どういう意味なの？　こないだからそう言ってくるけど、褒めてるわりに眉間《みけん》に皺《しわ》寄せてるし」

「べ、べつに皺とか……ここは暗いからよく見えにくいだけです」

「鳥目かよ、森尾くんは」

顔を覗き込んでみる。いつもの黒縁メガネを『邪魔だな』と思ったけれど、それは外した顔が見たいからではなく、光の反射で表情が読みづらいからだ。

　身を傾げて距離を縮めれば、小さな顔は強張る。

「な、なんですか？」

「この距離ならよく見えるかと思って」

「見えるって……」

　滝村が顔を近づけた分だけ、森尾は仰け反って顔を遠退《とおの》かせ、ついに尻餅でもつくみたいに車のボンネットに腰を預けた。

　それ以上は逃げようとしない。けれど、膝と膝が触れるほどの距離でぎゅっと目を瞑《つぶ》った森尾の顔は、まるで殴られるのを恐れているかのような表情だ。

「……帰るぞ」

　言い捨てて滝村は離れた。

「滝村さん……」

「キスでもすると思った？」

「そっ、そんなんじゃありません」

　笑い飛ばせば、薄い唇はむっとなる。薄っぺらなくせして柔らかそうな唇だ。実際、ふにゃふにゃしていて気持ちいい。

　森尾を笑ったくせに、キスを意識していたのは自分のほうだった。

思いつきの口説《くど》き文句と屁理屈《へりくつ》と、またあらん限り並べ立てればキスくらい奪い取るのは簡単だろうけれど、それはもう欲しいものではない気がする。

「寒いな、早く乗れ」

滝村は素っ気ない声で言い、運転席に回ると車のドアに手をかけた。

車内では自分の中の葛藤は押し隠し、何事もなかったかのように会話したつもりなものの、調子は出なかった。

「じゃあ……おやすみなさい」

アパートの前で森尾を降ろす。

「ああ、おやすみ」

こんな自然な会話さえ、最初の頃はままならなかったのだから大した進歩だ。けれど、なにか足りてない。すぐに発進させるつもりが、滝村はハンドルに手をかけたまま少しの間ぼんやりしてしまい、気づけばジャケットのポケットの中の携帯電話が振動していた。

森尾かと思えば、仕事で世話になっているモデル事務所の女性社長からだった。

『日程が急なんですけど、よかったらどうでしょう？』

持ちかけられたのは忘年会の話だ。

『女の子もたくさん来る予定なんですよ～』

「そんなこと言われたら、俺がよっぽど女好きみたいじゃないですか」

『あら、違うんですか？』

「やめてください、最近は品行方正なもんです。仕事第一で健全に暮らしてますよ」

滝村は苦笑する。断る理由はないので人数に加えてもらい、電話を切った。

通話を終えてから、きちんと画面に登録の名称が出ていたのに気がついた。このところ再登録したデータが消える謎の不具合に悩まされているのだが、どうやらこのデータは無事だったらしい。

閉じた携帯を空になった助手席に放り、滝村は車を出した。


繁華街の夜は、日に日に人が増えていた。

師走のイベントはクリスマスばかりではない。十二月も半ばの金曜の夜となると、そこかしこで繰り広げられているのが判るほど、夜の歩道は忘年会のグループ客の姿が目につく。

今も森尾の傍らを、ぷんと酒の匂いが鼻につくスーツ姿のサラリーマンの一群が、ぶつかりそうに擦れ違ったところだ。

午後十時を回り、酔っぱらいも溢れるこの時刻。森尾は忘年会などではなく、取材仕事の帰りだった。今週は予定より進行が遅れているので、帰社して記事を纏める必要もある。

とぼとぼとまではいかないけれど、さすがに疲れて歩くスピードも落ちた森尾は、傍らのビルから出てきた背の高い男を避《よ》けようとして逆に声をかけられた。

「げっ、森尾？」

声をかけられたと言うには、ちょっと違う。

「……上芝《かみしば》さん？」

最近は第五編集部での仕事が忙しいのか、めっきり編集部に顔も見せなくなった上芝だ。判った途端、森尾は眉を顰《ひそ》める。

「今の『げっ』てなんですか、『げっ』て」

「えっ、あ……と、それはなぁ……こんなところで奇遇じゃんって？」

会社からは地下鉄ですぐの距離だ。出会って驚くほどの場所ではないが、まぁ人も多い中で鉢合わせたのは奇遇と言える。

それより、上芝の挙動不審が引っかかった。なにやら出会ったのは都合が悪いとしか思えない態度で、妙な動きで自分の視界を遮ろうとする。ひょいと脇から背後を覗き込もうとすれば、ぐいぐいと歩道を押しやられた。

「ちょっ、ちょっとなんですかっ!?　わっ、わっ、こけるっ！」

上芝は森尾からすれば大男だ。力では敵《かな》わず、隣のビルの先まで追いやられた森尾は危うくすっ転びそうになった。腕を摑んで支えられてどうにか転倒を免れたものの、諸悪の男を睨み上げる。

「なんの真似ですか、上芝さん！」

「いや、すまん、ていうか……」

隙を突いて背後を見た。

いきなりその場からいなくなった上芝に憮然とした様子の男が、先ほどの場所に立ってこちらを見ている。

すらりとした立ち姿に、涼しげな顔立ち。『美しい』と表現しても差し支えないだろう男は、上芝がかつて短期間ではあるが担当を務めていた小説家だ。

「庭中《にわなか》先生……なんで？」

『レクラン』では今も短編の連載を続けているが、偏屈で有名な小説家先生は、当然滅多に……というか一度も、編集部に顔を出したことはない。気さくに昔の担当編集者と出かけるような性格ではなく、森尾が顔を知っているのも以前文芸にいた縁からだ。

「……くそ、どうせならメガネ奪うんだったな」

上芝のぼやきを森尾は聞き逃さなかった。

「上芝さん、どうして庭中先生と一緒にいるんですか？」

「えっとそれは……本日はお日柄もいいので、先生を食事にご招待しようかと。その、かつてお世話になった担当としてだな、今後の『レクラン』の発展を願って」

支離滅裂だ。完全に挙動不審の男を、森尾はさらに怪訝《けげん》な目で見た。

「た、頼む森尾、編集長には内緒にしておいてくれよ」

ついには開き直ったのかそんなことまで言い出され、ますます謎は深まる。

「べつにわざわざ言ったりしませんけどね……」

お忍びで一緒に食事とは——上芝は担当として気に入られていたのか。

額面どおり受け取るしかできない森尾は思う。そういえば、新連載の号ができたときにも上芝は編集部に見に来ていた。

正直、意外だ。業界内でも屈指の変わり者の小説家を信頼させるほどの、腕のある編集者だとは上芝を思っていなかった。人当たりのいい男だから、頼られるきっかけになったのかもしれない。

それに比べ、文芸での自分はどの作家にとっても唯一無二の担当には程遠かった。

あの場所を追われたのは、結局は向かなかったということなんだろうか。

的外れにも悲観的な考えが頭を過ぎる。隠しごとなど到底できそうもない上芝はといえば、見るからにほっと安堵《あんど》の表情を浮かべていた。

「森尾、助かる。恩に着る！　つか、おまえこんなとこで一人って、仕事の帰りか？」

「ええまぁ、取材だったんで」

「なんだ？　なんかしょぼくれてんなぁ、また編集長に叱られてるのか？」

「違いますよ、最近はまったくそんな……」

見当違いの心配だが、言われて気づいた。

そう言えば、近頃編集長の小言もリテイクも減ってきている。

「とにかく、誰にも言ったりしませんから」

庭中を雑談で待たせるほど、森尾は無礼ではない。

上芝とはそのまま別れた。歩道を歩き出しながらふと気になって振り返ると、広い背を丸め気味にして、なにやら庭中に謝っている様子の男の姿が見えた。急に放り出して、怒られてでもいるのだろう。まるで主《あるじ》に仕える大きな犬だな……なんて思いかけ、森尾は瞠目《どうもく》した。

上芝が小説家先生の頭に手を伸ばし、その髪を撫でるような仕草をしたからだ。

「……あっ、すみません」

つい足を止めてしまい、軽く通行人とぶつかって謝る。もう一度見た二人の姿は、賑《にぎ》やかな人混《ひとご》みに紛《まぎ》れて完全に見えなくなっていた。

見間違いか、ゴミ屑《くず》でも取ってあげていたのだろう。

森尾はあっさりそう解釈すると、気を取り直して先を急いだ。

他人に構う余裕もあまりない。浮かない顔の自覚はあったけれど、それは上芝と会う前からで、理由は文芸時代のことでも師走で忙殺されているからでもない。

しいて言えばクリスマスが近いからだ。独り身にはせつないイベントも、森尾は恋人のいなかった頃にはまるで意識もしていなかったのに、皮肉にも滝村にプレゼントの話を持ちかけられてから複雑な思いを抱えるようになった。

物品三万円。本気にしているからには、滝村は『責任』のことを気にかけているのだろう。拘るのは、クリアすれば晴れて許されると思っているからかもしれない。

森尾にはもう、本当のところどうでもよかった。

どうでもよくなっているのを受け入れたくはないけれど、実際あの夜のことも、翌朝のことも、今は思い返さなくなってしまった。少なくとも、『怒り』という意味では。

滝村はどうなのだろう。

最近様子がときどきおかしい。いつものように調子がいいかと思えば、急に不機嫌そうになる。小さな棘《とげ》が、その言葉の端々に入り込んでいるのを感じる。

久保のことを話したときもそうだ。そのくせ、恋人を作るのを応援するかのようなことも言い出し、訳が判らない。

自分に好きな女性ができれば、いつでも別れて自由になれるという考えか。束縛を嫌い、自由に恋愛するのを生きがいにしている男だ。

あまりにも価値観が違い過ぎ、ときどき……というか、ほとんどまったく理解できない。

強引かと思えば、素っ気ない。

駐車場でキスをされるのだと思って目を閉じ、じっとしてたら笑われてショックだった。なにより、期待して受け止める気でいた自分を知って衝撃だった。

——だから、セックスなんてしたくなかったのに。

触れ合えば情が湧《わ》く。

ちょっとした優しさや面倒見のよさを知っただけなら、きっと見る目が変わっただけですんだはずなのに。チャラチャラ軽いとばかり思っていた会社の先輩に、案外いいところもあったんだ……なんて感心して、もしかしたらそのうち尊敬の一つぐらいするようにもなっていたかもしれない。

でも、今自分が覚えている感情のベクトルは明らかに違う。

ふっと夜風に紛れて溜め息をつき、辿り着いた地下鉄の入り口を下りようとした森尾は、なんとなく顔を道路へと向けた。

通り過ぎる車のヘッドライトが眩《まぶ》し過ぎたのか、それとも予感でもしたのか。

「あ……」

やや渋滞気味の車線の向こうに目を留め、小さな声を発する。

信じられない偶然だった。

向かいの歩道のガードパイプに腰をかけ、携帯電話を弄っている男がいた。滝村の姿はベーシックなコート姿でも目立つ。道も二車線と狭い通りでは、見紛《みまが》えようもなかった。

森尾は地下鉄に下りようとしていたのも忘れ、すぐ傍の歩道の青信号に誘われるように向こう側へと渡った。なにやら熱心に携帯を打っている男は、こちらに気づく気配もない。

仕事帰りなのか、滝村も一人だ。

声をかけようと上げかけた手を、森尾はすんでのところで止める。

「滝村さ……」

滝村が先にこちらを向いた。顔を起こし、携帯電話をコートのポケットへと突っ込む。ひらりと片手を上げて立ち上がった男は、『あっ』となにかに気がついた表情を見せた。

けれど、相手は自分ではない。一台のタクシーが手招く滝村の前で停車し、歩道に寄せた車の後部シートからは、華奢《きゃしゃ》なロングストラップのショルダーバッグを肩に提げた女性が降り立った。

少しくらい離れていても判る。艶《つや》めいて揺れる長い髪に、通行人が振り返るほどのスタイル。モデルやタレントの持つオーラを放つ美しい女性に、周囲の視線が集まる。

女性は森尾よりも確実に背が高く、そしてそこまでの高身長にもかかわらず、並んだ滝村は一対のバランスが取れていた。編集者なのに、まるで滝村の作る『lunedi』の一ページでも見ているかのようだ。

微笑んだ滝村は周りの目を意識した様子もなく、自分にも気づかないまま背を向けた。行く先は決まっているのか、女性をエスコートして歩き出す。

雑踏に紛れて遠退く姿を、森尾はその場に立ち尽くしたまま見送った。

——やっぱり。

滝村がこんな場所で一人でいるわけがない。そう腑《ふ》に落ちながらも、体から力を抜き取られてしまったみたいに、その場から動き出せなかった。ようやく歩き出す頃には、寒空の下だからか、目にしてしまったもののショックからか、体は冷たくなって感じられた。

地下鉄の階段を下り始めた森尾は、ふと思いついて携帯電話を見る。重い仕事用のショルダーバッグから取り出した携帯にはメールが届いていて、確認すると滝村からだった。

『おつかれさん、まだ仕事中か？　悪い。今日は仕事で遅くなりそうだから、電話はまた明日にでもする』

週に一度は夜中に電話で話をしているが、そういえば今週はまだだ。大抵は、金曜の夜にかけ合っていた。

メールの受信時刻はほんの数分前。打っていたのは、これだったらしい。

階段の途中で足を止めた森尾の唇からは、自然と苦笑が零れる。

——わざわざ言い訳なんて送らなくてもいいのに。

なにも目にしていなければ、自分は仕事と信じただろうか。けれど、とびきり綺麗な女性を連れて歩く姿を目にしながら、鵜《う》呑《の》みにするほど馬鹿でもない。

だいたい、金曜の晩に家に帰って大人《おとな》しく夜を過ごすような男ではないのだ。

怒りや苛立《いらだ》たしさは奇妙なほどなかった。

前はあれほど怒って、仕返しだなんだのと意気がっていられたのに。

今の森尾の胸に湧いたのは、たとえようのない虚脱感だけだ。

「あ……」

肩先に鈍い衝撃を感じ、再び足を止めてしまっていた自分に気がつく。背後からぶつかってきた見知らぬ若い男は詫びもなく行き過ぎ、ぼんやり放心した森尾の手からは携帯電話が離れた。

カツカツと音だけが弾んだ。電話は跳ねることもなく階段を数段滑り落ち、呆然《ぼうぜん》と見送ってしまった森尾の口から言葉は力なく零れた。

「……全然、楽しくないじゃないですか」

恋はいいものだから、滝村は付き合ってみようと言った。

けれど、これが恋だっていうなら、恋なんて少しも楽しくはない。

だって痛いだけだ。

ズキズキ胸が痛むだけだし、自分は気がついてしまった。こんな思いをして恋を覚えても……自分はきっと滝村以外と付き合いたくはならない。

ただの遊びでも本気でも。滝村は自分が望めばいつまでも大勢の一人として付き合えるのだろうけれど、自分はそんな感覚は持ち合わせてはいない。

皮肉な話だ。

責任を取って付き合えなんて、元は自分の言い出した話で苦しんでいる。

「もう……そろそろ終わらせてあげるべきなのかもしれないなぁ」

　今年のクリスマスイブは週の真ん中の平日で、滝村と森尾が会うことにしたのはその前の週末だった。

　イブではないとはいえ、土曜の夜だというのにホテルのレストランは空席がちらほらと見受けられた。家飲みなんて言葉まで浸透しているとおり、クリスマスも最近は家でささやかになんていうのが流行っているのだろうなぁと、滝村はシャンパングラスを唇に寄せながら考える。

　今夜のかしこまったディナーは、自分より年下にもかかわらず、何故か一昔も二昔も前の感覚で凝り固まっている森尾に合わせたものだ。けれど、滝村もたまには上質の食事と酒を味わいたいほうなのでちょうどいい。

　世間が消極的なおかげで、案内されたのも窓際のいい席だった。ホテルの中庭に設置されたクリスマスツリーがよく見える。ライトアップされたプールサイドの大きなツリーは、水面《みなも》に映り込んでなかなかの美しさだ。

　ただ、気がかりなのはテーブルの向こうの男がさっきから浮かない表情でいることだった。

「森尾、まさか今日も昼はスイーツ三昧《ざんまい》だったとか言わないだろうな」

「え？」

「いや、食事の手が止まってるからさ」

「ああ……すみません、ちょっとぼうっとしてしまって。酔ったのかもしれません」

森尾もシャンパンを一センチばかり飲んでいた。

一杯ではなく一センチだ。それくらいで酔うものかと思うが、なにしろ下戸《げこ》で酔い潰れる姿も見ているから油断ならない。

「無理するなよ。だからおまえはノンアルコールのほうがいいって言ったのに……しかし、なんか落ち着かないな、おまえがメガネじゃないと」

様子がおかしいのは、森尾だけではない。滝村がつい中庭のほうばかり見てしまうのは、森尾がメガネをかけておらず、どうにも他人を見ているかのようだからだ。

今朝方、洗面所で顔を洗おうとして落としたメガネを踏んでしまったらしい。フレームが歪《ゆが》んで使い物にならなくなったと、会ってすぐからまだ尋ねてもいないのに聞かされた。

「どうしてです？　メガネ外した顔が好きなんでしょ、滝村さん」

「まぁ、そうだけど……やっぱり見慣れないものは落ち着かないっていうか。おまえ、コンタクト持ってたんだな。メガネは予備なかったのか？」

「母と姉がメガネをやめろってよく言ってましたから。似合ってないって。それで、使う気なかったのにコンタクトも買わされたんです」

まるで用意でもしていたかのように、淀《よど》みなく森尾は応える。そのくせメガネの予備については答えはないままだ。

服もいつもよりずっと小綺麗だった。普段から一応スマートカジュアルの範疇《はんちゅう》ではある格好の森尾だが、今日は流行を意識しているように見えるジャケットやシャツだ。これもまた滝村が問う前から、『ホテルのレストランはドレスコードがありますからね』とか『洋服屋でレストラン向きの服って言ったら、勝手に揃えられました』とか、言い訳めいた言葉が並んだ。

そんな感じでできあがったのが、目の前にいる今夜の森尾らしい。

滝村がじっと見つめると、明後日の方向の反応が返ってくる。

「そうだ、この顔が好きなら、姉は滝村さんの好みかもしれませんね。年は離れてますけど、似てるってよく言われるんです。三十過ぎてますけど、年上は嫌ですか？」

「三十過ぎなんてまだまだ、俺は熟女もオッケーなくらいだけどね、おまえの姉さん紹介してもらうほど飢えてないよ」

なにかがおかしい。違和感を覚えるのは、なにも森尾がメガネを外したり、洒落《しゃれ》た格好をしているからばかりではない。

妙に落ち着きはらって見えるのは、店のクラシカルな雰囲気とブラッシュアップした服装のせいなのか。

浮かない表情をしていたかと思えば、常にないクールな微笑を見せる。

「そうですか？　ちょうどさっき姉から携帯に連絡も来てたんですよ。日曜は実家に帰るって約束をしてたんで、その件で」

「帰るって、明日か……そうだ、携帯って言えばさ、俺の携帯調子がおかしいんだけど、おまえ前に弄ったとき設定変えたりしたか？　登録したアドレス、消えたりするんだよな」

あまり期待を寄せているわけでもない、なんの気なしの問いかけだった。森尾は、メインの仔羊の煮込み料理にナイフを入れながら平然と応える。

「仕事のアドレスだけ残るように設定しておきました」

「え……嘘、マジで？　そんな設定方法あんの、どうやったんだよ」

「案外、使い方には強くないんですね。あるわけないでしょ、そんな方法。僕が消してたんですよ、あの後も」

森尾はふふっと小悪魔のような笑いを添え、滝村は一瞬なにを言われたのか判らなかった。

「……は？」

「暗証番号、デフォルトはさすがに止《や》めたみたいですけど、次は誕生日ですか。滝村さん、ちょっと危機管理能力が低過ぎやしませんか？」

「はぁっ？　どういうことだよ、俺の隙を突いて携帯から勝手にまたアドレス消してたってことか？」

「そうなりますね」

「……ますねって……おまえ、ありえないだろ。しかも、なんで偉そうなの」

他人の携帯電話を弄るなんて、そうそうあっていいことではない。大人しそうな顔して、この強《したた》かさときたらどうだ。

「責任」

もう今秋から何度聞いたか判らない言葉が、森尾の口からは飛び出した。今年の自分内の流行語大賞はこれだな、なんて自虐的に思わずにいられない単語に頬を引き攣らせると、森尾は急に目を伏せ加減にした。

柔らかな肉をフォークの先で突《つっ》きながら苦笑する。

「……そう思ってたんで、腹立ってまた消してたんですけどね。一件ずつ消すの結構面倒でしたよ。仕事のアドレスはちゃんと残ってたでしょう？　会社名ついてるのは残しておきましたから」

「お、おまえな、そういう問題じゃないだろ。俺のプライバシーっていうか……アドレス、教えてくれたコにも悪いだろう。向こうから電話かかってきて、判んなくてやばかったこともあったんだぞ」

「そうですね、悪いことをしました。もうしません」

あっさりと謝られてしまい、滝村はまた虚を突かれた。

やっぱりおかしい。変だと思いつつも、なにか支障があるわけでもないので、言葉にしそびれる。

支障どころか、むしろ望みどおりの展開だろう。おかしいのは、もしかして自分かもしれなかった。

コースの締めのデザートタイムに、滝村は用意していたプレゼントも渡した。森尾が乗り気でなかったからといって、渡さずにすますつもりはなかった。

「なんだよ、もっと驚いた顔しろよ」

大きなショップの紙袋を手渡すと、森尾は驚きより困ったような表情だ。

「そんな大きな袋、持ってたら最初から気がつきますよ」

「可愛げないねぇ。おまえが妙な遠慮するから、実用的なもの選んだっていうのに」

「実用……ってなんですか？」

「スーツだよ、スーツ。年明けは新年会かねたパーティもあるし、ついでだからネクタイとシャツも合わせておいた」

初めて森尾がびっくり顔になる。

「一式なんて、三万じゃすまないでしょう？」

「まぁいいじゃん。おまえが微妙なコーディネートしてきたら、俺も微妙な気分になるしな」

高いものは受け取れないと無駄な押し問答が始まるのかと思えば、紙袋を膝上に抱いた男は、滝村の望む素直な反応を寄こした。

「ありがとうございます。大事に着ます」

「あ……うん、着てくれよ」

サイズも合わせた服は返品なんてきかないし、拒否されても困るのだけれど、少し拍子抜けする。

森尾は袋を僅かに開けて、中を覗いている。

「色はライトグレーですか？」

「あ、ああ……おまえにはもっと明るい色がいいと思ったんだけどな。ビジネスに使うなら、おまえは紺とかグレーとかしか着たくないんだろうと思ってさ。まぁ煩くない程度に光沢が入ってるから、それも顔色がよく見えると思う」

「よさそうな色です。ここで広げたらまずいのかな」

その言葉に、滝村は忘れかけていたことを思い出した。プレゼント以外にも、念のため用意していたもののことだ。

「えーっと、一応ここの部屋も取ってたりするんだけど、行くのはまずいよな？」

スーツを広げるには最適の場所。けれど、それを理由に誘うつもりでいたわけでは断じてないし、無理《むり》強《じ》いをするつもりはもっとなかった。

――まぁ、普通に却下だろうな。

そう思いつつの提案に、森尾は緩く微笑んで応えた。

「どうしてですか？　ちょうどいいじゃないですか。クリスマスといったら、高級ディナー、三万円以上のプレゼント、高級ホテルに宿泊でしょう」

メガネがないから、いつもよりもずっとその表情は窺える。なのに滝村には目の前の綺麗な男が、一瞬見知らぬ人間のように映った。


ホテルには迷惑だろうが、キャンセルすることになるだろうと少し前まで予想していた部屋に、滝村は森尾と二人で入った。

プレゼントのスーツに着替え終えた男は、窓辺でそっぽを向いて夜景を眺める滝村の傍に立つ。

「どうですか？」

「……ん、ぴったり」

「って、ちゃんと見てないじゃないですか」

まるで妻の新しい服に興味のない旦那のような態度を見せる滝村に、森尾は不服そうに言う。自分で贈っておきながら知らん顔。人の服を褒めることに関しては抜かりない滝村にとって、この反応は異常事態だ。

なんだか落ち着かない。

目が眩《くら》むほどの高さから見る、煌《きら》めく夜の街並みよりもずっと、見慣れたはずの小柄な男の姿に目を向けるのを躊躇する。

肩を預けてもたれたガラス窓から身を起こし、観念してそちらを見れば、森尾は思いがけず近くに立っていた。一メートルもない、ほんのすぐ傍だ。

スーツはそれなりに迷って選んだだけあり、いつもの野暮ったさが嘘のようによく似合っている。

「サイズも合ってそうだな。合わなかったら直しが必要かと思ってたんだが」

「よく判りましたね、詳しいサイズなんて」

「まぁ、仕事柄……見ればだいたい判る。触ればもっとな……」

変だった。いつもと違い、そんな言葉に動揺してふらふらと視線を泳がせるのは口にした自分のほうで、森尾は動じる様子もなく至近距離から見つめ返してくる。

「おまえ、コンタクトじゃあんまり見えてないのか？」

「どうしてですか？」

「いや、やけに近くで……じっと見るから。俺の顔とか、よく判らないのかと思って」

「ちゃんと見えてますよ？　メガネと変わりません。夜景もすごく綺麗です。こんな部屋、取っておいてくれたんですね。会社の辺りまで見えてるかな……なんだか変な感じですよね、いつも見てるものをこんな形で見渡すなんて……」

そこに存在しないかのようにクリアなガラスに、森尾はそっと手を沿わせた。滝村は「あぁ」と生返事をしながらも、見ていたのは遠くを望むその横顔だ。

部屋のダウンライトよりも、きらきらした街明かりに照らされたように映る。伏せられた目蓋《まぶた》を縁取る睫毛《まつげ》が長くてどこか人形のようだ。いつも隠されていないはずの唇も、今夜は見たこともないほど艶《なま》めかしく映った。

「夢でも見てるみたいだ。夜景って、どうして何度見ても非現実的な感じがするんでしょうね」

そう言って動く淡いピンク色の唇。薄いのに柔らかそうに膨《ふく》れている。ちょっと子供っぽい感じの唇が、本当に柔らかいことも滝村は知っている。

言葉に合わせ、薄い喉仏《のどぼとけ》が緩く上下する。白い首筋が消えて途切れたシャツの下を、覗きたいと思った。ネクタイの結び目を解《ほど》いて、閉じたシャツを剝《は》いで、その肌を露《あら》わにしたい。

ベッドに組み伏せたい。あられもない格好をさせ、あの晩みたいに可愛がりたい。満足するまで抱きたい。

欲しいのだ。

部屋に入った瞬間から落ち着かないのも、見ていられないのもきっとそのせいだ。

男として当然の欲望。けれど、こんな切羽詰まったような、理性が吹き飛んでしまうんじゃないかと不安になるほどの欲求は、滝村はもうずっと感じたことがなかった。

今の自分はまったくの素面《しらふ》だ。シャンパン一杯で酔ってなどまるでいないのに――

「やっぱ出よう」

衝動的に言った。

「え……？」

夜景を見ていた顔がこちらを向き、滝村は顔を背ける。

「もう帰ろう。せっかく着たんだし、服はそのままでいいか。着て来た服を袋に入れて帰るといい……」

「滝村さん、どうして？」

「どうしてって……もう遅いしなぁ、なんならおまえ一人で泊まるか？」

笑い混じりに言い、背を向けたまま部屋の真ん中の広いベッドのほうへと向かった。森尾の脱いだ服を無造作に傍の紙袋に入れようとして、びくりと身を強張らせる。

腰の辺りに違和感を覚えた。

「……森尾？」

振り返ると、自分のジャケットの裾《すそ》を握り締めた森尾と目が合いどきりとなる。

「どうしてですか？　どうして帰ってしまうんですか？」

真剣な眼差しだった。

どうしてはこっちが問いたい。

引き止めてくる理由が判らない。

「ちょっ……」

二人の間でガチッと音が鳴った。

「いてぇっ」

思わず呻いた。ぶつかり合ったのは口と口。勢いが過ぎて互いの唇まで捲《めく》れ、がっちり衝突した歯に、頭突きでも食らわされたかのような衝撃が走る。

視界に星でも飛びそうな痛みに、滝村がそれがキスであると気がついたのは焦った男を目にしてからだ。

「あっ、すっ、すみませんっ」

同じく苦痛に顔を歪ませながらも、その頬は赤い。

「も、森尾？」

「こっ、今度はちゃんとしますから……」

「今度って……」

ジャケットをぎゅっと摑んだまま、身を伸び上がらせてくる。二度目はゆっくりで激突することはなかったが、代わりに滝村が戸惑って避けたので、唇の端に触れただけだった。

「なに、おまえ……なにやってんだよ？」

モテ男とは思えないうろたえようで、滝村は身を退かせる。迫られた経験がないわけじゃない。ただ相手は森尾だ。とてもこんな状況が普通とは思えない。

「なんで逃げるんですか？」

「なんでって……おまえこそ、なんでそんなことしようとすんだよ？」

「こないだ……僕はしてもらってばかりでしたから。フィフティフィフティじゃなかったと思ってたんです」

言いづらそうに森尾は説明する。一歩にじり寄られるごとに、滝村は一歩後ずさった。

「いや、待てっ……待てって、んな五分五分とか、仕事の分担じゃねぇんだから気にする必要ないっていうか……」

「あなたが気にしなくても、僕はずっと気になってたんです。それに、最……くらいっ……」

よく聞こえなかった。

なんと言おうとしたのか。

「わ…っ……」

聞きとる間もなく、ジャケットをぐいっと引っ張られる力と逃げようとする力でバランスを崩し、滝村はその場にすっ転んだ。

格好悪い。押し倒されたというより、転倒したという表現がぴったりだ。尻餅をつくかのように後ろに転がった滝村は、そのままムキになって逃すまいとする森尾に圧《お》しかかられる。

「信じらんねぇ、ここ床なんですけど……」

ラブホテルから高級ホテルまで、デートにホテルを利用した経験は数あれど、床で組み敷かれたことなんて初めてだ。

洒落た服を着ていても、美青年顔でクールに笑んで見せても、中身はやっぱり森尾だった。

「いっ、嫌なんですか？」

せっかくの美貌が完全に台無しだ。テンパって見下ろしてくる小さな顔を、滝村は諦《あきら》めたように床に体も頭も預けて仰ぐ。

こんなのメチャクチャだ。ちっともスマートじゃないし、色っぽくもない。滝村の好む恋愛とも、クリスマスの過ごし方ともほど遠い。

でも、理由がなんであれ、必死になってる顔見たらなんか——堪らなくなる。

「嫌っていうか……おまえ、絶対酔っぱらってるだろ？」

「酔ってません」

「嘘つけ。あのときだっておまえはそう言ってた」

「……あのときって？」

「酔ってないって言い張ってたのに、覚えてないんだろ？　おまえ、部屋連れてきたら俺のベッドにダイブしてさぁ……そりゃあ確かに悪戯始めたのも、言葉巧《たく》みに誘導しちゃったのも俺だけど。おまえ……俺だって判ってたし、そんなに嫌がってなかったくせして、後になったら……」

嫌だなと滝村は思った。不貞腐れたような声になっている。森尾を前にすると、自分はときどき大人げなくなる。

「滝村さんがそう言うなら、そのとおりだったんでしょ」

「え……」

森尾は微かに笑んだ気がした。ふわっと降りてくる顔を避けないでいたら、今度は綺麗に唇は重なり合った。少し薄く開いたまま押しつけられた唇は、柔らかく滝村の唇をキスで押し潰す。

さらりとした髪が頬やこめかみの辺りを撫で、くすぐったい。ちょっと頭を動かそうとしたら、必死に両手で顔を包んで留めようとしてくる。その仕草が可愛くて、求められているような感じがして、滝村は何度かわざと逃げる素振りを見せた。

唇を押しつける森尾は、責めるような、それでいてどこか泣きそうな声で言う。

「……たき……むらさん」

その声に陥落した。

あのときだって、そうやって名前を呼んだくせに。自分をその気にさせて、煽《あお》りまくって

夢中にさせたくせに、朝になったらすごく怒った。

どうせまた目が覚めたら怒るんだろう？

そう疑いながらも、あまりにも気持ちのいいキスにからめ捕《と》られてしまったみたいに、身動きが取れない。

ちゅっちゅっと押し当ててくるキスは子供みたいに拙《つたな》い仕草だった。続きをどうしたらいいか判らない様子で、滝村が口を開いて招くように舌を閃《ひらめ》かせたら、おずおずと森尾の舌は口腔に入って来た。

舐めて性感を刺激し、きゅっと吸い上げてやる。乗っかっている細い腰を堪まらず摑んだ。ゆっくりと上下に動かせば、衣服を隔てて重なり合っている中心が擦《こす》れ、森尾が甘く鼻で鳴くような声を上げる。

「……ん…っ……」

可愛い。自分の上に乗っかっている男が、堪らなく愛《いと》おしく感じられた。

酔っているのは森尾ではなく、自分のほうなのかもと思った。

夢のようだ。これは自分に与えられたクリスマスプレゼントなのかもしれない。などと、降って湧いた幸福の時間に理由を探し求めながらも、滝村は伝える言葉が互いに足りないままであることに気がついていなかった。

いくら時間が過ぎても、森尾の見つめる窓辺に変化はなかった。

それもそのはずだ。十二月下旬に差しかかっても東京の気温はまだ高く、雪のちらつく夜はない。気密性の高いホテルの部屋は静かで、高層階の窓の外で吹いているはずの風の音すらも感じさせることはない。

変わり映えしない窓のほうをじっと眺めて横になっていた森尾は、のそりと枕から頭を起こした。

ベッドの背後で滝村は寝息を立てている。一時《いっとき》前まで起きて話したりもしていたけれど、森尾が途中から背を向けて寝た振りを続けるうちに眠ったようだ。

滝村は泊まるつもりでいるのだろう。シャワーを浴びた後に身につけたバスローブ姿のままだった。森尾も同じ格好だけれど、眠りにつくつもりはなく、そろりと起き上がると窓辺に向かった。

フットライト以外の明かりを落とした部屋で、そこだけがぼんやりと明るい。窓明かりを頼りに、森尾は丸いテーブルの上に無造作に置かれた滝村の携帯電話を手にした。

「……ホントに無防備な人だな」

データを再び消した話をしたばかりだというのに、これではいくらでも触り放題だ。背後を振り返り見ても、先ほどと寸分変わらぬ姿勢で心地よさげに寝入っている。

携帯電話の画面に明かりを点《とも》すと、暗がりに慣れた目を射る強い光に、森尾は眉を顰めた。眩しさに目を眇《すが》めながら、アドレス帳を開く。ついで取り出したのは、椅子の上の自分のバッグの中から探り出したメモ帳だ。取材用のメモ帳だったけれど、ここしばらくは後ろから十ページ余りは別の用途に使われていた。

空いた椅子に腰を下ろすと、ちまちまと携帯電話を弄り始める。

また消そうとしているのではない。

書き留めておいたデータを再び中に戻すためだ。ただ消去してしまえばいいのにそんなまだるっこしいことをしたのは、このためというわけではなかった。けれど、罪悪感があったからかもしれない。

消したり入れたり、馬鹿げている。無意味な行動をすると自分で呆れつつも、こういうのが恋なのかもしれないなと思った。

合理的にはいかない。

感情の問題は、理路整然とは片づかない。

そして、筋書きがあるわけではないから、結末は自分の望むものになるとは限らない。

「……結局、全然五分と五分なんかじゃなかったな。最後くらい……と思ったのに」

こんな部屋まで取っていたくせに、滝村は結局セックスも最後までしないままだ。触り合っただけ……というより、こないだと同じく自分は与えられてばかりだった。

滝村が乗り気じゃないのは、自分に興味が薄れたからなのか、紳士ぶっているのか——

両方なんだろうと森尾は思った。

嫌がられたのに無理矢理キスしてしまった。今夜を最後にするのなら、綺麗に別れようと思ったのに、やっぱり自分は一つも格好がつかないままだった。

「もう……これで終わりだから」

森尾は手の中の携帯電話のボタンを打つ。消したアドレスを手入力で戻すのは結構な手間だ。

罰《ばち》が当たったのかもしれない。他人の携帯のデータなんて消すから。

一件戻すごとに重く圧しかかる。滝村の携帯が元へと戻っていくごとに、自分との距離も再び以前の関係に戻っていくような錯覚。

この数カ月が普通じゃなかったのだ。男同士で付き合うなんて、滝村と自分で恋愛ごっこなんて馬鹿げている——

「あ……」

やばい。

画面が歪んで見えた。

雨でも降り始めたみたいに、ぽたぽたと落ちた雫は画面や携帯を握る親指を濡らした。それだけでなく、溢れる涙は慣れないコンタクトレンズすら押し流し、視界は一気にぼやけてよく見えなくなる。

こんなときまで自分は間抜けだ。

最後の最後まで格好悪い。

レンズはどうにか見つかったけれど、嵌め戻すのは諦めた。ぐずぐずと鼻を鳴らしそうになるのを堪え、再び自分のバッグを探った森尾は、奥に入れておいたものを取り出した。

いつも使っている革のメガネケース。中から取り出したのも、いつもの黒縁メガネだ。

滝村に壊れたなんて言ったのは、もちろん嘘だった。


滝村が目覚めて最初にしたのは腕を伸ばすことだ。

少しうとうとするつもりが、完全に寝入っていた。傍らにいるはずの存在を無意識に引き寄せようとして、滝村は肩透かしを食らう。実際、手応えのないシーツの上を掻いたのは肩ではなく手だったけれど、滝村は数回それを繰り返してようやく目が覚めた。

「ん……あれ……？」

いない。

隣にいるはずの男の姿がないのを、最初はバスルームかと思った。家に帰ったらシャワー、朝も出かける前にシャワー。滝村の現在の恋人はそんな神経質なタイプだ。

目覚めは悪くなかった。一息早いけれど、クリスマスを名目に恋人とイチャイチャできたのだから、気分が悪いはずがない。

自発的にキスをされたのも初めてだ。

それもあんな痛い……いや、情熱的なキッス。

優顔をニヤケ顔に変えながら枕に埋もれる滝村は、部屋がやけに静かなことに気がついて目を開ける。シャワーの水音はまるで聞こえず、室内は僅かな空調の音だけが響いていた。

嫌がる目を開けて起き上がり、バスルームに向かった。

もしかして、やっぱり酔いが覚めてまたご機嫌斜めというパターンだろうか。

ようやく起動し始めた頭で考える。それなら罵詈雑言《ばりぞうごん》の一つや二つ……十や二十でも聞いて平謝りしてもいいかなんて思いながら、バスルームを開けてみれば中は無人だった。床も壁も乾いており使われた形跡すらなく、棚にバスローブだけが畳んで置かれていた。

「……って、嘘だろ」

部屋を確認してみれば荷物もない。どうやら置き去りで帰られたらしいという事実に、さすがに呆然としつつ、室内を見回した滝村は窓辺に覚えのないものがあるのに気がついた。

「……なんだ、これ」

曇り空の朝。部屋は差し込む淡い光にぼんやりと白い。

窓辺の小さな丸テーブルには見慣れた自分の赤い携帯電話があり、その下に何枚かの揃え置かれた紙があった。手帳かノートから切り取られたような紙だ。

『滝村さんへ　クリスマスプレゼントです。携帯へ戻しておきました。入力ミスってるかもしれないので、メモも渡しておきます』

なんのことやら一瞬判らなかった。

けれど、二枚目以降を見て意味が判った。几帳面な文字で、メアドやら携帯番号やら女の名前やらが並んでいる。慌てて携帯を開いて確認すれば、メッセージのとおり本当にデータが戻っていた。

「これ……全部、手入力で戻したのか？」

ほかにデータをバックアップする方法くらいありそうなものなのに。最初のときのような何百件ものデータではないとはいえ、相当数はある。

森尾らしいと思いつつも、これをプレゼントだという理由が判らなかった。

部屋から森尾自身がいなくなってしまった理由は、もっと判らない。

メモの一枚目には問題のメッセージから数行開けて、後から書き添えたらしい文が添えられていた。

『先に帰ります。今までありがとうございました』

携帯電話に表示された時刻は七時。まだ朝を迎えたばかりの時間だ。部屋は昨日の余韻を引き摺っているかのように気だるい空気に満たされていたけれど、窓の向こうの街並みは華やかな夜の化粧を落としてしまったみたいに味気ない。

無機質なビルの一群を背に、滝村は髪の乱れた頭を抱えた。

「これって、どういうことだよ」


結局、日曜は連絡がつかなかった。電話もメールも森尾からの反応はなく、家に押しかけてしまおうかという衝動はすんでのところでどうにか堪えた。家族と用があると言っていたからだ。ただの不在ならいいが、森尾のアパートに姉や母親が来ていないとも限らない。

じりじりする気分で滝村が森尾を待ったのは、月曜の会社のエントランスだ。カウンターは無人でまだ受付嬢の姿はなかったけれど、出社の早い社員に目撃され訝しがられた。

温厚を自負する滝村も、さすがに苛々《いらいら》していた。でも、それも自動ドアを潜って入って来た男の姿を見ればどうでもよくなった。

「森尾！」

「滝村さん……」

いずれこうなるのは判っていたのか、森尾は硬い反応を見せながらも逃げる素振りはない。

「話がある。こっち、こっち来い！」

とりあえず連れて行ったのは階段口だ。重い扉を開けて入る非常階段は、薄暗いこともあって利用者は少ない。

手摺を背に立った男はぎこちない声で応える。

「なんでしょうか？」

「なんでしょう、じゃないだろう。おまえ、昨日はいきなり人を置き去りにして帰りやがって」

「それは……すみませんでした。朝までいようと思っていたんですけど、ちょっと……」

「ちょっとなんだよ？」

顔を伏せ気味にした表情は窺いづらい。邪魔な太い黒縁に、森尾が壊れたはずのメガネをかけていることに気がついた。

「おまえ、そのメガネ……」

「滝村さん、メモは見てくれたんですよね？」

「え、ああ……あれはなんだ。クリスマスプレゼントって……それに、お別れみたいなこと書きやがって、どういうつもりだよ？」

「そのままの意味です。滝村さんにとって一番いいプレゼントでしょう？　って言っても、元から滝村さんのものだったんですけど。もう付き合うのはやめにします。クリスマスは切りがいいっていうか……ちょうどいい機会ですし」

いい機会って、交際は機会で始まりや終わりを決めるものではないだろう。

冷静そうに話していても、森尾がガチガチに身を固くしているのが判る。まだ新入社員だった頃、ここで話したときと同じように自分に対して警戒しきっている。

滝村は溜め息をつきそうになるのを堪え、脅《おど》かさないようやんわり問いかけた。

「森尾、怒ってんのか？　やっぱりまた酔ってたんだろう？」

「違います。逆ですよ。怒ってなんていませんから、だからもう責任を取ってもらうのもやめにします」

きっぱりとした調子で森尾は言う。

「俺を許そうって？『今までありがとうございました』ってそういう意味かよ……なぁ、俺とおまえが付き合ってたのはそれだけが理由なのか？」

「僕が恋愛ベタだから、慣らしてくれようとしてくれてたんでしたっけ」

「ああ……そんな風に言ったたっけな。だってそうでも言わなきゃ、おまえ、俺と真剣に付き合わなかっただろ？」

「そうでもって……」

「おまえとちゃんと付き合いたいからそう言ったんだよ。言ったろ？　俺はおまえに惚れてんだって」

顔を上げた森尾は自分をじっと見つめ返したが、表情は緩むことなく、その場で棒切れみたいに固まって突っ立っているだけだ。

信用されてない。無理もないと思いつつも、もどかしい気分を味わう滝村は目を逸らし、苛々と髪を掻き上げながら言った。

「だいたい、義理で朝っぱらからこんなとこで待つわけないだろ。俺は九時前なんか出社したことないってのに」

「自慢ですか？」

「自慢になるか、そんなこと。とにかく、それくらい本気で心配したってことだ。おまえに急に帰られてうろたえたってこと！　電話したのにさくっと無視しやがって」

「昨日は携帯の使えないところにいたんです」

「使えないって……電波の届かないとこか？　おまえの実家は山奥か？　離島か？」

事務的で冷ややかな声にチクチクと刺されるような不快感を覚え、つい責め立てる調子になる。

森尾は理由を明かした。

「病院に行ってたんです。家族で親戚を見舞う約束でしたから」

「え……そう、そうだったのか？　けど、夜には家に帰ったんだろう？　おまえ、メールの返事も寄こさなかったじゃないか」

「それは……」

「森尾、俺はおまえに惚れてんだって」

埒《らち》が明かない。もう一度はっきり告げる。

メガネの向こうの眸が一瞬揺らいだのを、滝村は見逃さなかった。

「おまえだって、俺を好きなんじゃないのか？　だからホテルでも引き止めてくれたんだろ？　キスもしてくれたんだろ？」

誰かが非常階段を利用しようとしてもおかしくない出勤時間だったが、滝村は言葉も選ばず畳みかける。

「そうですね……嫌いじゃありません。僕だって、嫌いだったら……あなたといつまでも付き合ったりしない」

初めて森尾の本心を聞いた。

続く言葉を待つ。好きだとか自分も惚れてるとか、そんな都合のいい言葉は続きそうにない空気にもかかわらず、抱いていたのは恐らく一抹《いちまつ》の期待だ。

「でも、僕と滝村さんでは価値観が違いすぎます」

「価値観？　そりゃあまぁ、似てるとは思わないけど、違ってるから面白いこともあるだろ。ちぐはぐなカップルなんて珍しくもない」

「僕は滝村さんほど社交的じゃありません。付き合う前は家に籠ってばかりだったし」

「なんだ、出かけるのが面倒だったのか？　だったら家で会えばいいだろ。本が読みたいなら付き合うし、隣で大人しくじっとしてるよ」

「黙って傍に居たって退屈なだけでしょ」

「テレビでも観てゴロゴロしてるさ。おまえが本を読んでくれたら、子守歌になる。いい昼寝タイムだな」

「僕は服のセンスもよくありません」

「そんなん、もう慣れたし。あんまりいつもと違う格好されてもこっちが戸惑う」

森尾の言う価値観の相違とは、どれもこれもささやかなものに思えた。なんだこいつ、こんなこと気に悩んでいたのかなんて——繰り出される子供騙しなパンチでもすいすいと避けるかのように否定し、そして不意打ちを食らった。

「じゃあ、もう女性とは誰とも会わなくても平気ですね」

滝村は言葉を失った。

「……え」

この世に失言は数あれど、これほど短く、取り返しのつかない失言も珍しい。

返事というより条件反射だ。嵌められたに等しいものの、その瞬間を見逃さないとばかりに、森尾は挑発的に見上げている。

「ちがっ、今のはナシっ……」

「やっぱりこれ以上話し合う必要はなさそうです」

言い捨て、踵《きびす》を返された。

「あっ……ちょっ、ちょっと待て！　森尾っ!!」

手を伸ばしても遅い。踏ん切りを一方的につけて階段を足早に上っていく男は、もうこちらを振り返ろうとはしなかった。


プライベートで問題が生じようと、仕事は変わらずやってくる。月曜火曜と、森尾は入稿作業で家にもまともに帰れない日が続き、明けた水曜日、編集長のデスクに呼び出された。

「このシチュエーション別の紹介が具体的でよかったと思うの。内容で目を引きつけられるし、写真に頼り過ぎてない」

どんな小言が始まるのかと身構えていた森尾は、ほっと胸を撫で下ろす。

クリスマスに向けて続いていた特集の最終回、前号のスイーツ記事の評判がよかったらしい。このところ反応は悪くないと思っていたけれど、褒められたのは初めてだ。

「手頃な価格帯に絞ったのも、実用的で大正解。メインのケーキの情報はどこでも手に入りやすいけど、こういう脇役のお菓子まではなかなか集まらないものね」

田之上《たのうえ》に褒められることなど滅多にない森尾は、どう喜んでいいのか判らず『ありがとうございます』とだけ返す。もっとやる気を漲らせた反応がよかっただろうかと思いつつ、それも胡散臭《うさんくさ》いかと普通に席に戻った。

椅子を引いた振動で、隣の机からころんとゆるキャラマスコットが転がり出てくる。白い猫は小さなクリスマスツリーを抱いていた。

「西山《にしやま》さん、これ……」

「ああ、コンビニでクジ引いてもらったの。オーナメントが欲しかったのにキーホルダー」

そんなことは訊いてない。自分の中でクリスマスは終了したつもりだったけれど、世間的にはまさに本日がイブであることを思い出し森尾は少し驚いた。

「じゃあ、お先に」

マスコットを机の端に積み戻した西山は、大きな鞄を肩に引っ提げて立ち上がる。時間はまだ六時を過ぎたところだ。

「え、もう帰るんですか？」

「わざわざイブに遅くまで残ることないでしょ。合併号の入稿も終わったんだし、今日くらい家族サービスに励ませてもらうわ。はぁ～やっと子供に面目が立つ。去年のクリスマスは帰れなかったから恨まれてたのよね」

西山は子供もいる家族持ちだ。退社はなるべく早くを心がけているようだが、そうもいかないことが多い。

「お疲れ様です」

そう言って送り出したものの、確かに無理に残らなければならない理由はなかった。残業に慣れ過ぎ、どうにも感覚が麻痺してしまっている。

森尾もそれからすぐに席を立った。島には編集長ともう一人の編集者が残っていたが、特に引き止められることもない。

乗り込んだエレベーターで階下を目指した。昨日まで忙しかったせいで体は疲れており、エレベーターの箱の中で一人になるとすっかり気も緩む。だらりと背中を壁に預けていると二階で扉が開いた。

入って来た女子社員に慌てる。

「おつかれさまです」

事務の久保だ、今帰りらしい。姿勢を正した森尾に寄こされたのはいつもの淡々とした挨拶だったけれど、エレベーターが再び動き始めると向こうから話かけてきた。

「先週の『レクラン』読みました。森尾さんの記事、私の話をお客のコメントとして使ってくださってましたね。ありがとうございます」

「あ、いや……お礼はこっちが言うほうです。助かりました」

「記事、面白かったです。ごめんなさい、私普段は情報誌に目を通すほうじゃないんですけど……行き慣れてる店も、『レクラン』で改めて見ると新鮮に感じましたね」

久保が女性向けの雑誌を読むタイプでないのは判る。どちらかといえば流行りものや、情報誌で宣伝されたスポットなどは敬遠しそうな彼女だ。

けれど、世辞をいうタイプでもないので、本当に楽しんでくれたのだろう。

すぐに一階へと到着したエレベーターを降りながら、森尾は応える。

「そう言ってもらえると嬉《うれ》しいです」

滅多に見せないと噂の笑みを返され、森尾は戸惑った。小柄な森尾は身長もそう変わらないので笑顔もすぐ傍だ。

なんとなく並んで歩いてしまっているが、これ以上話を続けるべきなのかとまごついていると、久保がビルを出る手前で言った。

「森尾さんも地下鉄でしたよね? 同じなので、途中まで一緒に帰りませんか?」

「え……あ、はい」

べつに断る理由もない。歩道を駅に向かって歩き出すと、彼女はこないだの続きとでもいうように本の話を始めた。

なにを話せばいいのやら考えるのも苦手な森尾も、読書話となれば自然と出てくる。読み終えたばかりの本から、過去の記憶に残っている本の内容まで。語ろうと思えば尽きない上、なにより久保が話に積極的だった。

——話しやすい人だな。

恐らくそんな感想を彼女に抱く人は稀《まれ》であるのも忘れ、駅に着いた森尾は改札を潜る間も相槌《あいづち》を打っていた。

「せっかくよさそうな本を教えてもらったのに、メモっておかないと忘れそうですね。私、書評を見て買うつもりになってても、いつも後になったら忘れてしまうんです」

「ああ、僕もよくあります。本屋で思い出せなくて四苦八苦するんですよね」

「ええ、だからよかったら後でメールで教えてもらってもいいですか？」

「え……」

ごく自然に持ちかけられ、しばし思考が停止した。

「私のアドレス教えておきますから。あ、迷惑じゃなかったらですけど」

「いや、迷惑なんてとんでもない……」

思いがけない展開に動揺する。

ホームは夕方のラッシュで混雑していた。ぶつかりそうになった人を避けようと前に向き直り、森尾は乗客の列から離れたベンチ脇に立つ男に気がついた。

携帯電話を耳に押し当て、なにやら楽しげに話をしているのは滝村だ。

横顔をつい食い入るように見てしまい、向こうもこちらの視線に気がつく。

「森尾さん？」

歩調を落とせば、久保に怪訝な声をかけられた。

滝村がいるから先に行くのは嫌だなんて、言えるはずもない。

二日前の月曜に非常階段で話をしてから届いたメールも無視していた。

幕切れは滝村らしい。『え』なんて、あまりにも他愛ない一言。いくら付き合っても価観の相違は埋められない、理解し合えない男なのだと、あの一声で思い切ったつもりだった。

――もう関係がない。

滝村のいるベンチの傍を通りかかる。森尾も素知らぬ振りを決め込もうとしていたが、男も笑みを浮かべたまま知らん顔で電話を続けていた。

誰と話をしているのかしらないけれど、きっと女性だろう。

行き過ぎようとした森尾は、不意打ちでコートの肩を摑まれびくっとなった。

「わ……」

擦れ違いざまだ。行かせまいとでもするように、ぐいっと乱暴に引っ張られ、驚いて仰ぎ見た顔は滝村とは思えない表情だった。

見たこともない鋭い眼差しに、怖いと感じた次の瞬間には、もう滝村はいつもの顔に戻っていた。眦《まなじり》を下げた笑みを見せ、普段のへらへらと人を食ったような態度で話しかけてくる。

「おつかれさん、今帰り？　クリスマスにノー残業でデートとは、森尾くんも隅に置けないねぇ」

「なっ……滝村さ……」

「メリークリスマス」

引き止めたかと思えば肩を押され、ひらひらと手を振ってさっさと行けとばかりに追いやられる。前のめりになった森尾に、一歩遅れて続く久保が驚いて声をかけてきた。

「大丈夫ですか？」

「あ……ああ、はい」

歩きながらちらと振り返ると、もう滝村は自分のほうは見ようともせずに電話に戻っていた。訳が判らない。久保も腑に落ちない顔だ。

「森尾さんって、滝村さんと親しいんですか？」

「いや、親しいっていうか……」

すぐ傍にいたのだから、デートだのというくだりは彼女にも聞こえていただろう。

「すみません、今のは冗談ですから」

「滝村さんってなんだか軽い感じしますよね」

「あっ、そう、そうなんです。それでたまに冗談きついっていうか、悪気はないみたいなんですけど……」

笑い話にして流したつもりだった。

けれど、乗車口の列に並んで足を止めた森尾が隣を窺えば、久保はむっと表情を険しくしていた。

「私、あの人苦手です」

「え？」

「だって本当に軽薄じゃないですか。いつも女性に話しかけてばっかり。仕事してる感じもあんまりしないし……編集部はみんな忙しい方ばかりなのに、滝村さんは帰りも早いみたいだし……『lunedi』ってそんなに暇なんですか？」

彼女の剣幕にはちょっと驚いてしまった。

日頃から滝村に思うところがあったらしい。

「えっと……僕は『lunedi』のことはよく知らないんで。でも、早く帰ってるのは……滝村さんが仕事ができるからだと思いますよ。残業は多ければいいわけじゃないですしね。僕なんか、編集長からのダメ出しが多くて無駄に時間潰してるばかりで」

滝村には付き合う間に何度も仕事のことで救われた。愚痴を聞いてもらうだけのつもりが、話すうちに励まされたし、言葉の端々で滝村の仕事に対する考え方も判ったつもりだ。

滝村はどんなに忙しくとも、しゃかりきに働いてるとは人に知られたがらない。

けれど、そんなこと彼女は知る由《よし》もない。

「でも、本当に女子社員に話しかけてばっかりですよ？　たまに電車とか外でも見かけるんですけど、いつも違う女の人連れてて……こう言ってはなんですけど、あの人はただの女好きなんだと思います」

「それは……否定しませんけど」

同意するしかないと頷きながらも、森尾は言葉を続けた。

「でも、優しい人ですよ。あの人はたぶん……女性みんなを喜ばせるのが好きなんだと思います。みんなを、同じように平等に楽しませたいんです。えっと、ようするに八方美人なんでしょうけど。その代わり久保さんが困ったりしても、きっと助けてくれますよ」

「森尾さん……？」

口が上手いわけでもないのに懸命にフォローしようとする自分を、隣から久保は不思議そうに見ていた。自分でもこんなことを言い出すとは思わなかった。

考えていたよりもずっと、滝村が自分にとって身近で大事な存在だったのだと知る。

待っていた電車がホームに入ってくる。軋《きし》むレールの音に掻き消されそうになりながらも、森尾はもう一度言った。

「本当にあの人は優しい人なんです」


クリスマスのバーは、明らかにカップルの比率が多くなっていた。

ホテルの上階にあるバーだ。当然眺望もよく、カップルシートとも言える窓際のカウンター席は、平日とはいえこの日のために予約をしておいた客が並ぶ。

そのうちの一つの席に滝村はいた。

隣に並び座っているのは、誰もが振り返って二度見せずにはいられない美女。四葉《よつば》出版自慢の受付嬢、坂巻美玲《さかまきみれい》である。制服姿もいいが、この日のためにドレスアップしたワンピースに華やかな巻き髪の彼女は、目の前の夜景も霞むほど美しい。

けれど、彼女の表情に笑みはなかった。

「ひと月くらい前から様子がおかしいと思ってたんです。夏に話してたときには、お店も予約して絶対に素敵なクリスマスにしようねって言ってたのに、いざ予約する頃になったら乗り気じゃない感じで、『仕事忙しいから無理かも』とか言い出して」

彼女が話しているのは、今夜ここに来るはずだった男の話だ。こんな綺麗な女性をほったらかしにして、約束をドタキャンする男がいるなんて信じられないが、滝村の元に一緒に行ってほしいと電話がかかってきた。デートの代役……というか、彼氏への当てつけ交じりの相手だ。

いくらみんなの憧れの坂巻でも、ほかの男の身代わりで、しかも愚痴の聞かされ役。普通の男であれば面白くないだろうが、滝村はまるで気にならない。

女性の笑顔の役に立てるのなら、進んで買って出ても構わない。とことんフェミニストで女性の頼もしい味方である滝村は、ほかの男の存在はまるで気に留めなかった。元々、嫉妬深さとは無縁のところがある。

そういえば、前に付き合っていた彼女と別れた原因もそれだった。彼女がほかの男に食事に誘われ、その話をニコニコと笑って聞いていたところ、いきなり別れ話を持ちかけられた。

浮気には寛容な彼女だったのに、何故かそれは許されなかった。

やはり、女心というのは未知の領域でいっぱいだ。滝村にも判らない部分がある。

最近は、自分のことさえよく判らない。

森尾に振られてしまったのも、まるでそれに納得しようとしない自分も。きっぱりと別れを告げられたにもかかわらず、なかなか消えない炎みたいに持て余し、返事の来ないメールをまた送ろうかと携帯電話を開いては溜め息をつく。

「やっぱり、本当は仕事じゃなくて浮気なんでしょうか？」

半分ほど減ったカウンターの上のカクテルグラスを見つめ、坂巻は言った。いつの間にか滝村の意識はこの場所から遠退いており、問いかけに反応は鈍くなる。

「滝村さん？」

「え？　あ、ああ……そうだ、彼の話……あんまり疑いすぎるのはよくないと思うよ」

今、自分は誰のことを考えていただろう。

「でもクリスマスですよ？」

「うーん、平日だしねぇ。仕事がどうにもならないこともあるんじゃないかな」

「前はあんなに一緒に楽しみにしてくれてたのに……私だって、最初から彼が仕事を最優先にしてる人なら平気だったと思います」

この夜のために彼女は爪先まで整えていたのだろう。滝村には時間をかけていると判るネイルの指で、坂巻はグラスを手に取る。

気持ちは何故だかよく判った。最初から——一度たりとも、自分に心などない態度であれば諦めもついた。キスをされ、嫌いじゃないと言われ、それで引き下がれと言われても困る。

夕方、駅で見た森尾の姿が思い起こされる。

久保と一緒だった。並んだ彼女は嬉しそうに歩いていて、直観的に森尾に好意を抱いているのだと思った。それならそれでいい。気の合う女性なんて森尾にそう現われるとも思えないし、二人が意気投合してクリスマスにデートしようというのを邪魔するほど自分は野暮じゃない。

そう思ったのに体は勝手に動き、森尾の肩を引っ摑んでいた。

こんなことは初めてだ。

今も苛々する。これがジェラシーというなら、こんな醜い感情は本当に初めて覚えたかもしれない。今頃、森尾と久保がどう過ごしているだろうと考えれば、居ても立っても居られない焦燥感に見舞われる。

目の前には美しい女性も夜景も、見るべきものはいくつもあるのに、ここにはいない男のことばかり考える。

「彼、なんのフォローもしないなんて……だって、滝村さんは急に連絡してもこうして来てくれたじゃないですか。約束だってしてなかったのに、『いいよ』って優しく言ってくれて……理由を話しても許してくれて、私、こんなに愚痴ばかり零してしまってるのに……」

置かれたグラスの底がカウンターを打ち、坂巻がこちらを向いたのが判った。

「滝村さん、私……」

ここはホテルのバーだ。彼と過ごすつもりで部屋も取っているらしい。そんな思い詰めた目で男を見つめては、どうなるかくらい判らない彼女ではないだろう。

「でも、そういう本音はやっぱり俺じゃなくて彼に言ったほうがいいと思うな」

言葉はするっと零れた。

滝村は、彼女の大きな眸を見返すとふっと苦笑いした。

「ごめん、俺やっぱり行かないと」

「え……？」

「行かなきゃならない……いや、行きたいところがあるんだ。ごめんな、俺も君と同じかもしれない。真っ直ぐに今向き合うべきところから逃げてる」

そこまで言うと、もう迷いなく立ち上がるしかなかった。自分の言葉に背中を押される。

これ以上、自分の気持ちから逃げ果《おお》せようとしても仕方がないと諦めた。

カッコ悪い。来る者拒まず去る者は追わず、恋愛はスマートにオシャレに楽しむのが滝村の信条で、逃げる男の尻を追いかけるなんてみっともないの一言に尽きる。

けれど、やっぱり譲りたくない。

帰ると決めた滝村は、坂巻には好きなところへ送ると言ったけれど、少し迷ってから応えた彼女は彼の仕事が終わるのをホテルで待つと言った。

滝村は一人バーを後にし、表に出ると携帯電話を取り出しながらタクシーに乗り込んだ。

早く。早く行かないと。

気持ちは体以上に急《せ》いていた。

一人になってみれば、走り出したいほどの焦りが、堰《せ》き止めるものをなくしたかのようにぶわっと開放された。この際、自分のポリシーは置いといて、どうしても森尾を捕まえなくてはならない。

何故なら、これはきっと自分にとって初めての譲れない恋だからだ。


やっぱり家を出るんじゃなかったと、コートの前を固く握り締める森尾は身を震わせた。

冬の夜は冷える。家には真っ直ぐ帰ったものの、夕飯をコンビニの弁当ですませた後は時間を持て余してしまった。こんなとき、自分は仕事中毒に陥っているのかもしれないと思う。たまに早く帰ると夜の過ごし方がよく判らない。

滝村のことを考えてしまうのも嫌で、駅前のビル内の本屋をうろうろした。午後九時、閉店にはまだ二時間ほどあるのに本屋は閑散としていた。

集客にクリスマスは関係あるのか。イブでピークを迎える日本のクリスマス。もうこの時間を過ぎると、コンビニやらの店頭に積まれているケーキも売れ残りに見えてくる。

結局本はなにも買わず、寒さに身を震わせながら帰宅した森尾は、アパートの手前で足を止めた。

人影がある。

二階の自室に向かう階段に、長い足を持て余し気味に座っている男の姿。

駅のホームで見たままの滝村の姿に、森尾は幻でも見てしまったかのように口を半開きにさせる。

「……なんで？」

「電話したけど出ないから、家まで来た」

答えのようで、まるで理由になっていない。立ち上がると真っ直ぐに近づいてきた男に、なんだかただならぬものを感じ、森尾のほうが言い訳めいた返事をする。

「携帯は部屋に置きっ放しで……ちょっと近所に出ただけだったんで……」

「久保さんは？　部屋にいるのか？　まさかもう送ってきたところか？」

「……は？」

「彼女とデートなんだろう？　女と付き合う前にお母さんに紹介するってのはどうなったんだよ？　初デートで部屋に連れ帰るなんて、おまえにしてはやるじゃないか」

「つれっ……て……」

「部屋の明かりが点いてるから、おまえもいるんだろうと思ってた。チャイムががんがん鳴らすかどうか、ちょっと迷ってたところだ」

なにを言っているのか判らない。どうして怖い顔をして滝村が自分を責めてくるのかも。

ただ、誤解をされていることだけは判った。

「勘違いしてるようですけど、久保さんはただ駅まで一緒に帰っただけです。会社を出るタイミングが同じになって……」

電車も途中までは一緒に乗ったけれど、乗り換えで森尾のほうが先に降りた。

結局、携帯電話のメールアドレスも番号も教えないまま。メールは社内アドレスに送ると約束した。本のタイトルを伝えるのであればそれで充分だと思ったし、森尾には滝村が疑っているような理由で彼女と親しくするつもりもなかった。

確かに女性と親しくなるいいきっかけではあるけれど、今はその気になれない。

「滝村さん、変な誤解しないでください。そんなことでうちまで来たんですか？」

きっぱりと思い違いを指摘すれば、滝村の険しい表情はやや緩んだ代わりに今度は気まずそうになる。

「俺だって皆勤賞だったんだ」

「え？」

「おまえ、俺のせいで小学校だか幼稚園だかからの皆勤がパアになったたって言ってたけどな、俺だって一度も女の子に冷たくしたことなんかなかったんだよ」

また話の行く先が見えなくなってしまい、森尾は首を捻りそうになった。実際は呆然と突っ立ったまま、いつもと様子の違う男の言葉を受け止める。

「俺は、いつも女の子に求められれば付き合った。優しくしたし、泣いてる子がいれば慰めもした。哀《かな》しい顔なんて一度もさせないできた」

「あなたは……優しいですもんね。僕と違って博愛主義なんだと思います」

「なに他人事みたいな言い方してんだよ。それなのに俺は、おまえのために女をほっぽり出してきたって言ってんだよ。おまえが……ほかの女のものになるのは嫌だったからな」

苛立った調子で言われ、森尾は目を瞠らせる。話の辻褄は合い、滝村の伝えたいことも判ったけれど、素直に受け入れることはできなかった。

動揺するばかりの硬い声が出る。

「それは……僕が望んだことじゃありません。もう、付き合うのはやめにしたんですから。滝村さんはみんなに愛情を振り撒《ま》く人です。僕は……そんなあなたの大勢のうちの一人になりたいと思えない」

「大勢ってなんだよ、俺だって誰とでも同じに付き合うわけじゃねぇよ。森尾、俺ともう一度付き合え」

滝村らしくもない乱暴な言葉遣い。本気が伝わってくる一方で、もう言葉に翻弄されてはならないとも思う。

「……そんなこと言って、僕を振り回すのはやめてください。あなたは僕と付き合ってたって、やっぱり女の人と出かけてたくせして」

「出かけてって……いつの話だよ？　デートなんてもうずっと覚えがない」

「嘘言わないでください。綺麗な人でしたよ。髪が長くてスタイルよくて、僕より背だって高い！　こないだの金曜です。僕には仕事が忙しいってメール寄こして、あなたはっ……あなたはそういう人じゃないですか！」

「それって……モデル事務所の忘年会のことか？　遅れた女の子を通りまで迎えに行ったけど……店が判らないって言われて」

記憶を探る男に淡々と返され、言い募った森尾は今度は言葉を失わざるを得なかった。

「おまえ、勘違いで怒ってたのか？　もしかして、急に別れるとか言い出したの、そんな理由なのか？」

「ちっ、違います。それはきっかけに過ぎません。僕はあなたの性格を見極めて……それで、女好きにはついていけないと思って」

焦るあまり言葉を選び損ねた。

あからさまな言い回しにむっとなった表情を隠しもせず、滝村は言い捨てた。

「悪かったな、女好きで」

こんなに苛々と余裕のない姿を見るのは初めてだった。まごつく森尾の前でおもむろにコートのポケットを探り出す。どうしたのかと思えば取り出したのは携帯電話で、開きながらも怒りが収まらないとばかりに滝村は言葉を並べる。

「女に優しくしたらダメなのか？　女にいい顔したら最低か？　だいたい男が女を好きなのにややこしい理由なんてあるかよ。どんな不幸背負ってたらおまえは許してくれるんだ？　三千人だか三千里だか母親探しやってなきゃならないのかよ？　つか、マルコって誰だよ？」

「ま……マルコ？」

「おまえが言ったんだ、くそっ！」

携帯を弄る姿に急なメールでもやってきたのかと思ったけれど、そうではなさそうだった。

「た……滝村さん？」

「ほらっ、これでいいのかっ？　おまえこそ責任取れよ、俺を振り回してる責任を！」

投げつけるほどの勢いで渡された。寒さに悴《かじか》んだ手のひらの上でお手玉しそうになった携帯電話を、森尾はどうしたらいいものか判らずに見つめる。

そして言葉の意味に思い当たり、開かれたままの画面を操作して確認すると、アドレス帳が消えていた。

滝村が自らデータをすべて消し去ったのだと判った。

「なんなら、おまえが書き留めてたあのメモも、ここまで持って来て燃やしてやろうか？　おまえがそんなことで俺の気持ちを信じるって言うなら、いくらでもやってやるよ」

じっと両手で持ったままの携帯電話を見つめる森尾に、男は想いを伝えてきた。

「森尾、俺はおまえが好きなんだよ。大事なんだ。可愛い顔して可愛げないし、大人しそうなときもあるかと思えば強情だし、むかつくときもちょっとはあるけど俺は……」

携帯を握る手が震えた。

寒さのためじゃない。

あんなに震えながら帰ってきたのに、早く家に戻りたいと思っていたのに、そんなことはどうでもよくなっていた。

「……おい？　森尾？」

滝村が驚いて声をかけてくる。顔を上げようとしたけれど、ぽろぽろと溢れ落ちてきた涙が邪魔で、好きな男の顔を見上げることができなかった。

勘違いしてしまった滝村の声だけが焦って響く。

「あっ、違う……嫌いなわけじゃない、おまえの悪口言ってるわけじゃなくてっ」

「……僕は、自分の手で終わらせようと思って……あなたを好きになってしまったからっ、このまま付き合うのは……すごく辛いと、思ってて……それで……」

こんなことってない。

泣いているのに、自分はとても嬉しい。

好きな人に、好きだと言ってもらえて、今すごく幸せだ。こんな気持ちになれたのは、二十四年生きてきて初めての出来事だ。

恋ってこんなものだったんだと、森尾は泣きながら思った。

「バカ、始まってもないのに勝手に終わらせんな」

「え……？」

「やっと恋愛始めるところまで来たんだろ？　おまえ、今まで一度だって俺に好きって言ったか？　俺は結構言った気がするけど……一度もおまえが信じてないから、そんなものなかったのと同じだ。だから、俺たちこれから始まるんじゃないのかよ？」

「滝村さん……」

「『相変わらず口が上手いですね』とか言ったらホント怒るぞ」

やっと見上げてみれば、滝村の顔は笑っていた。寒さなんて忘れていたけれど、腕を回され抱き締められると、やっぱり温かい場所は心地よかった。

「森尾、俺はいいかげん、おまえとちゃんと恋愛したいんだ」

その言葉に、森尾はやっと迷いなく頷くことができた。

その後二人が部屋に慌てて入ったのは、帰宅してくる近所の住人を目にしたからだ。

雪こそ降らないけれど、冬の静かな聖夜。ご近所迷惑であったかもしれないと、会話の内容も含めて焦る森尾は、アパートの二階の家に戻るとべつの意味でうろたえた。

「ちょっ、ちょっと……待ってくださいっ、そんなつもりで部屋に入れたわけじゃありませんっ！」

招き入れた途端、滝村にベッドのほうへと押しやられ抗議する。

「おまえな、好きって言う男を部屋に入れたらどうなるかくらい判ってんだろ？」

いつかのようなオヤジがかったことを平然と言う滝村は、引こうとしない。あのときよりずっと本気だから困る。ベッドに倒れ込む一歩手前で避けたものの、森尾は諦めない男に両手を取られ、ぐいっと引っ張られた。

「やっと相思相愛だってのに、なんでダメなんだ？　なぁ森尾、しよう？　気持ちよくしてやっからさ」

「そ、そんなこと言って……しなかったじゃないですか。土曜日、僕がさそっ……誘ったときは、最後までしなかったくせに」

「あれは、おまえが酔ってるのかと思って。また怒られんのも嫌だし、フィフティフィフティとかなんとか義務みたいなこと言ってたし」

ベッドに連れ込もうとする力に抗《あらが》う。互いに負けじと引っ張り合い、なんだかまたふざけてでもいるみたいなことにもなってくる。森尾にとっては、ちょっと前まで泣いていたのが嘘みたいな状況だった。

しかも、じりじりと始まった綱引きは、手首を握られている自分のほうが圧倒的に不利だ。

「あれが義務で…っ…できることだと思ってたんですかっ！　あなたならできるかもしれませんが、僕はっ……」

「それって、つまり俺のためっていうより、おまえがしたかったってこと？」

「……しっ、知りませんっ！　手を放してくださいっ！」

「じゃあ土曜のことはいいから、忘れるからさ、もう一度仕切り直そ？」

滝村の手が離れる気配がした。急に力を抜かれては背後にすっ転ぶ。

焦った森尾は、抗って手を引くのを止めてしまった。

「わっ！」

途端に前に体がのめる。フェイントの罠にまたもや引っかかり、そのまま引っ張り寄せられた森尾は、ベッドの端に腰をかけた滝村の胸元へと転がり込む。

「蓑虫ゲット？」

「今日は蓑虫じゃありませんっ」

「だって希少価値だろ、俺とセックスしたがってくれてた森尾くんなんて」

「も、もうしませ……」

「悪かったよ、ちゃんと気づかなくて」

からかわれているのかと思いきや、抱き寄せてくる男の声は思いのほか真摯《しんし》に響いた。

大人しく詫びられると、闇雲に突っ撥ねられなくなる。抱かれて視界を覆われれば、顔が見えなくて本音を言いやすくなってしまうのも滝村に有利だ。

「前に……」

「……ん？」

「前に滝村さんとしたとき、僕はなにもしなかったから……気になってたんです」

「あれは俺が触るだけ～って約束したんだろ。そんなこと本気で気にしてたのか」

「でも、僕はいろいろその……し、してもらったのに、なにも返してなくて……あんなの、本当はセックスじゃなかったのに、僕はさせてあげたみたいな態度を取ったと思って……」

形勢は逆転しないまま、しどろもどろになった。色事には未《いま》だ不慣れな森尾に勝ち目などないものの、しおらしく打ち明ければ滝村の声も甘くなる。

「おまえって……ホント、変なところで可愛いよな。律義な森尾くんは俺のために悩んでくれてたんだな」

大きな手が、ぐりぐりと後頭部を撫でてきた。

「ばっ、馬鹿にしないでください」

「馬鹿にしてないよ。すごく嬉しいって思ってさ。それに……最後までしなくったって、俺はセックスだと思ってたけど？」

「え……」

「おまえとイチャイチャできて、嬉しかったからセックス。それじゃあダメか？」

そういえばあのときも、なんだか滝村はやけに楽しそうだった。

胸元から引き剝がされ、顔を覗き込まれた森尾は横に首を振る。

「よかった。じゃあ今度こそ仕切り直し」

そう言って滝村は、森尾の顔の上のずれたメガネを外してきた。キスをするには邪魔だ。

近づいてきた唇を逃げずに受け止める。されるばかりでなく啄み返したりもして、口づけはすぐに深くなった。互いの口腔を確かめ合う。粘膜に触れ、体温を馴染ませ、普段は他人と触れ合うことなどない場所をしっとりと絡め合わせれば、些細な揉め事はどうでもよくなってくる。

気づけば男の首筋に腕を回していた。

やっぱり滝村はいつもいい匂いがする。なにかつけているのだろうけれど、その甘い香りは滝村にあまりにもぴったりで、身の一部のように違和感がない。吸い込めばクラクラして、すべて言うなりになってしまいそうだ。

「滝村さ…っ……」

「はぁっ、キスだけであつくなるな」

「あつ……って、バカなこと……」

「そっちの熱いじゃなくて、普通に部屋が暑く感じるってこと」

家に入ったばかりで、二人ともコートを身につけたままだった。

脱ぎ始めた男につられたように、森尾もコートに手をかける。部屋着にもしている中のネルシャツは、くたくたで恥ずかしい。ちょっともたもたしていると滝村に残った袖を抜かれ、コートはベッド下に放りやられた。

柔らかなシャツに触れる手をじっと見る。

「……なんだ？」

首元から順にぽろぽろと器用にボタンを外していく男の指は長い。

「手が……」

「……手？」

「滝村さんの手、綺麗だなと思って」

今まで滝村を褒めることなどなかったから、それだけでぽっと体温が上がる気がした。顔でも身長でもなく、褒めるのがいきなり手なんてフェチみたいだ。

「そう？　デカいだけだと思うけど……指は長いほうがなにかと便利かな」

いちいち卑猥な話に感じられるのは、滝村ゆえだ。絶対に揶揄られてると思いつつも、森尾は頬を火照らせ、やや骨ばった指が肌を滑り下りる。

唇にそっと触れる感触。その形よく長い指で撫でられると、言葉で求められなくともキスをしていた。唇を押し当て、小さく舐めて、森尾は促《うなが》されるまま滝村の指を口に含む。

「……んっ……」

舌上に伸びた指を包むと、男の微かな吐息が響いた。

「なんか……おまえがそういうことしてるの見ると、結構クるかも。指舐められてるだけだってのにな……やばい感じ……熱くなってきた」

熱い。

今度は意味を取り違えなかった。

「今日はお願いしてもいい？」

ねだるように口腔で指を動かされ、舌を擽られれば、森尾のほうが欲情したみたいに頬の火照りは増す。

嫌だとは思わなかった。

滝村を気持ちよくさせてやりたい。その一心でパンツのベルトに手をかけた。前を寛げ、合わせ目からすでに兆しているものを探り出す。

身を屈め、顔を寄せた。両手の指を回したものは、どこからどうしたらいいのか判らないくらい大きい。比較する自分のものが小さ過ぎるのだと気づいて、今度はべつの意味で羞恥を覚える。

「……じろじろ見んなよ、俺だって少しくらい照れる」

「見て…るわけじゃ、ありませ…んっ……」

喋ると息や唇が掠めてしまい、「うっ」と滝村が微かに呻いた。こんなこと百戦錬磨だろうはずの男でも、素直に感じてくれるのだと思ったら少し気持ちも落ち着き、森尾は拙いながらも愛撫を始めた。

張り出した尖端に唇を押し当て、幹を包んだ手を上下させる。おずおずと伸ばした舌で舐め始めると、またたく間に手の中のものは力を漲らせてきた。

「ん……」

尖端を唇で覆えば、中へと入れたそうに軽く突き上げられる。求められるまま咥えたくとも、先のほうを含んだだけで口の中がいっぱいになってしまったかのように苦しい。

「……ん、んぅ…っ……」

焦って無理に呑もうとすればするほど息苦しさは増し、感じさせるどころではない。無意識に立ててしまった歯に、苦悶《くもん》の声が上がる。

「あっ……すみませ…っ……」

「……いいから、続けて。おまえのペースでいいから」

稚拙を通り過ぎ、ヘタクソ。手にしたものも力を失い始めたように感じられ、どうしていいか判らずにいると、頭をよしよしと撫でられた。

「気にすんな……それより、おまえにこんなんで止められたら困る。もっと顎の力抜け……って言っても無理か。そうだ……前、自分で弄りながらやってみ？」

「え……」

「気持ちよくなったら緊張も解けるだろ」

「……そ、そんなことっ……」

「俺には届かないんだからしょうがないだろ。なんなら一緒に舐め合いっこする？　俺はそれでも全然構わないっていうか、むしろ嬉しいけど」

「一緒って、どうやって……」

少し考えて判る。刺激が強すぎて、とても自分には無理だ。

どちらがより恥ずかしいのか判らなかったけれど、森尾は先の提案を選んだ。床についた腰を引く。見えないように自身に触れるのは簡単だった。

「撫でてみろ。少しくらい硬くなってるか？」

伏せて後頭部だけ見せたまま、小さく頷く。

「いい子だ。俺のも可愛がってくれるか？」

そろそろと服の上から中心を摩《さす》りながら、滝村のものを頬張った。息苦しさも大きさも変わりない。むしろ屹立《きつりつ》はさっきよりまた大きくなった気さえするのに、奥まで受け入れることができた。

「んぅ……っ……ぁ……」

髪の間でそよぐ、くすぐったい感触。滝村の指が梳《す》いたり、小さな耳を撫でたりしながら、先を促してくる。溢れそうになる唾液を啜ると、咥えたものが森尾の中でびくびく撓《しな》った。

「あ、いい……森尾、気持ちいい……」

吐息交じりに滝村は呟き、直接触れられているわけでもないのに、その声に手の下のものは硬くなった。コーデュロイのパンツの下で、森尾の性器は膨らみを増し、カーペットに落とした尻が無意識にもぞつく。

「んっ……んっ……」

滝村を咥えたまま、むずかるような声を上げてしまった。

「……きゅんきゅんしてきた？　口ん中にも感じる場所くらいあるんだよ」

変な言い方しないでほしい。抗議に顔を上向ければ、見下ろす男と視線が絡む。

「……んふ…ぅっ」

中のものがぐんと大きくなった。上目遣いに見た途端、さっきまで大人しくしていたのかと思うほど、昂ぶりはサイズを上積みし、見つめてくる眼差しも熱を上げた。

「た…きむ…っ……」

抜き出そうとした性器を、ぐいと口腔深くへ埋められる。

「んんっっ……」

「そんなやばい目で見られたら、俺だっておかしくなっちゃうだろ」

「そ……なっ……んっ、んぅ…っ……」

そんなつもりはない。でも否定さえ思うようにできない。宥めるように動いていた男の両手が森尾の頭を捉え、余裕のない動きで抜き差しを始めた。

ゆったりとしているけれど、主導権は自分にない。喉奥へ向けてじわじわ分け入ってくる抽挿《ちゅうそう》は、引いては戻ってくる度に深くなり、眦に涙が浮いて零れ出す。張り出した尖端がぬるつくものを滲ませながら上顎をぞろりと擦り上げ、森尾の体は男の足の間でびくびく震えた。

「あ…ぅんっ……」

尻が弾んだ。手のひらを衣服の下から勢いよく押し上げてきたものに、ただでさえ羞恥でいっぱいの頭が燃え上がるほどに熱くなる。中心はもう、弄ってもいないのに勝手に強く反応していた。

「……感じる？　はぁっ……おまえでも…っ…俺のしゃぶって、感じたりするんだな」

「んっ……んんっ……」

「もう先っぽ濡れてきてる？　おまえのも後でしような……こうやってっ……」

「うん……ぅん…っ……」

深々と埋められたまま、やんわりと抱かれた後頭部まで引き寄せられ、森尾は苦しさに嫌だと身を捩らせる。手の下のものが服の中で淫らにぬるつき、そこが滝村の言うとおりであるの知らしめるように腰が動いた。

「……っ、いい……可愛いな、森尾……おまえ、可愛いよ……たまんない…っ……」

上手く息も継げないまま、くぐもる泣き声を上げる森尾に、抽挿を繰り返す男は陶酔しきった声で言う。

快楽に溺《おぼ》れる滝村の声。荒い息遣いと、膜でも張ったかのように濡れ光る眸。頭を捉えられ、顔を伏せることのできない森尾は、欲情した男の表情を見つめた。

こんなときも……こんなときこそ、滝村の顔は一層艶めき、色っぽい。

「ああ……やばい、もうイキそうになってきた……イってもいいか？　なぁ、このまま出していい？」

眦に次々と浮かんでは零れる雫を、森尾は親指で拭われる。髪まで湿らせる涙を何度も拭きながら、滝村はねだるかのように言った。

「奥には出さないから……な？　ダメだ、イク…っ、もう……射精しちまう」

拒む術《すべ》はない。嫌だとも思わなかった。頭の芯をぐらぐら揺すられたみたいに、ぼうっとなるまま男の放った熱を受け止める。舌上に叩きつけられたものを、森尾は嫌悪感を覚える間もなく飲み下した。

「ん…んっ……」

少し驚いた表情を見せた滝村は、口腔から抜き出したものの代わりに唇を押し当ててきた。潜り込んできた舌が中を拭う。

一頻《ひとしき》り熱烈なキスを受けた後には、引っ張り上げるようにしてベッドの上へと導かれた。滝村は自ら服を脱ぎ、森尾もその後に脱がされたけれど、頭が回らずぼんやりしてしまった。『あっ』となって身を捩ったのは、残された下着一枚になったときだった。

普段はほぼ真っ平らな中心も、起き上がって布を突っ張らせている。グレーのボクサーショーツ。横たわった森尾の足をぐいっと荒っぽく割って見据えてきた男は、何故だか不満げな声で問う。

「なんでおまえ白ブリーフやめちゃったの？」

「え……べ、べつに拘りがあったわけじゃないし……」

今までは心配性の母親がほかの衣類やらと一緒に買っていた。いい年して母親に下着から靴下まで用意されるのはおかしいと判っていたけれど、『いらない』と言ったら傷つけそうで、まぁ支障があるものでもないので受け取っていたのだ。

――これまでは、ずっと。

「拘りがないんならそのままでもいいだろ？　なんだよおまえ、色気づきやがって……やっぱり女の子に気に入られたりすると、変わってしまうもんなんだな」

なにが機嫌を損ねているのか判らない。まるで田舎の純朴少年が、都会に出てきて以前の面影《おもかげ》を失いでもしてしまったかのような言われようだ。

「なっ、なに言ってんですか……自分が笑ったんじゃないですか」

「え？」

「忘れたっていうんですか？　滝村さんが白い下着だったらどうとか笑ったから……それで変えたんです」

なんだってこんな状況で、おかしな押し問答を始めなければならないのか。濡れて眦の赤く染まったままの目で睨み上げると、ちょっと挙動不審に滝村は視線を泳がせる。

「俺の……せい？」

「そうです。クリスマスだって……あなたが言うからメガネも外したし、服だって……なのに落ち着かないとか言って、全然喜んでる感じもしないし」

今もメガネはベッド脇の棚の上。泣き濡れて上気した頬の美青年となった森尾は、仰ぎ見るだけでも乗っかった男をそわそわさせる。

「最後くらい、滝村さんの気に入る格好をしようと思ったんです。だいたい、自分が言ったんじゃないですか……『好きになったら、見た目にも気を使いたくなるもんだ』とかなんとか。そう言ってたくせに、あんまり見てくれないし……変だって、僕のこと突っ撥ねてっ……」

「い、いや、変だって突っ撥ねたつもりは……見た目はもういつものおまえでよかったっていうか……つか、おまえこそ、『好きになったら格好なんか気にならなくなるもんだ』って俺に言ったじゃないかよ？」

互いに互いの言葉をいつの間にか受け入れようとしていた。

好きになったから。

好きだから、もっと相手にも自分を好きになってほしいと願って——

「……なんだよ、俺のためだったのかよ。心配して損した」

はぁっとついた男の息が肌を掠める。

「あ…っ……」

きゅっと腰を抱かれて、不意打ちに震えが走った。滝村は余裕いっぱいだけれど、森尾は中途半端に昂ぶったまま、体は火を熾《おこ》されたまま燻《くす》ぶり続けている。

晒した肌は、全身ピンクに色づいているんじゃないかと錯覚するほど熱を帯びていた。もたらされる悦楽を期待し、蕩けてでもいるような感じがして滝村に見られるのは恥ずかしい。

先走りを吸った下着を脱がされるときには、羞恥で息絶えてしまえるかと思った。

今夜は本当のクリスマスイブだ。シャンパンでもがぶのみして前後不覚になっていればよかった。

そんな現実逃避を考える間にも、次々と恥ずかしい事態は襲ってくる。

腰が浮くほどに大きく足を割られた。ぴんと勃ち上がった性器を口腔に捉われ、それだけでなく唾液や先走りで濡らした指を後ろにも挿入されて、森尾はベッドの上で逃げを打つ。

「あっ、そっちは……」

ずり上がろうとする体は、ずるずると呆気なく引き戻された。

「……ダメ、こっちもする。でなきゃおまえ、不安になるだろ？　教えてやるよ、俺が本気だっていうこと」

「でもっ……それはやっぱり、なんか変で……そういうのは普通じゃなっ……」

入れた指をじわっと動かされると、それだけで泣きそうになる。

指の腹が掠めるだけで震えの走るポイントがあった。押し揉むようにじっくりと嬲られれば、そこから甘い疼《うず》きは瞬《また》く間に広がり、腰が勝手に前後に揺れ出す。

顔を埋める男の髪を森尾は握り締めた。

「あっ、や……そこっ、そこは…しなっ…いでください」

「なんで？　ほら……すごい硬くなってる」

引き剝がそうとする手は意味をなさない。淫らに濡れそぼったものを滝村は見せつけてくる。

恥ずかしく天を向いた性器にじゅくっと音を立てて吸いつかれ、窄まりに侵入した指を大きく動かされて、森尾は啜り喘いだ。

「もっとよくなるから……ちゃんと慣れるから、少しだけ我慢してみ？　五分……いや、三分でいいから……な？」

「いや…だ、無理…むりっ……」

「無理じゃないって、ほらもう三十秒くらいたったかなぁ……ああ、すげ……とろとろになってきた」

「うそ……あっ……」

つうっと幹を伝う雫の感触を覚える。

滝村が唇を離したにもかかわらず新たに浮き上がる雫は、先走りを溢れさせるほどに後ろで感じている証拠だった。

「……な、すごく簡単だろ？」

「簡単じゃな……いや、待っ……滝…村さん、それもうっ……やだ…っ、あっ、あっ……」

張り詰めたものをきゅっと握り込まれ、森尾はついにしゃくり上げる。

刺激が強過ぎて、ついていけない。

「いやです……そっち、さわらな……で…っ……」

「嫌なことばっかりだなぁ、実《みのる》くんは」

弱々しくなってしまった声に、滝村はくすりと笑った。初めて名を呼ばれたことに気がつき、森尾は泣き濡れた目でその顔を見る。

「男なのに、ココ握られるのが嫌なのか？　後ろだけ弄られるほうが好きか？」

男のくせにと言われると、どうしていいか判らなくなる。自分がおかしい気がして、すっかり滝村の成すがままだ。

後ろと前と——結局、両方から責め立てられる羽目になった。

三分なんて、いつの間にか過ぎてしまっていた。くちゅくちゅと部屋に響く卑猥な音と、自らの啜り泣き。奥へと押し込まれる長い指はいつの間にか二本に増えていて、何度も抜き差しを繰り返されるうちに、射精感は否応なく高まってくる。

「……たき…むらさん」

「ん……どうした？」

「……も……イっちゃいそう……」

森尾は震える声で申告した。細く発した自らの声にも、きゅんとそこが窄まって、一層滝村の指を感じてしまう。

「もう少し我慢できるか？　できれば一緒にイキたい」

「……むり、もっ……だめ、ダメっ……」

揃えた二本の指の腹で、張り詰めたようになっている前立腺のポイントを撫でさすられると、もう嗚咽《おえつ》を漏らして射精を訴えるしかできない。

「も、イクっ……イっちゃ……あっ、たきむ…っ……あっ、あっ……」

言い終える間もなく、自身を包んだ手のひらを生温かく濡らした。

堪え切れずに吐精しながら小刻みに腰を揺する。深く飲んだ指をきゅうきゅうと締めつけてしまった。逆らうようにゆっくりと中で開かれると、その感触すらも肌はざわめいて啜り喘ぐ声は大きくなる。

「いや……ぁっ……」

「……可愛いな……実、可愛い」

まだ残滓を吐き出している性器をゆるゆると扱きながら、滝村はキスしてきた。薄く開いた唇に唇が重なり、互いの吐息すら口づけで感じ合う。後ろに含んだままの指は抜け出てしまいそうになっては戻ってきて、射精しても終わりではないのだと教えてくる。

やわらいだ道筋を確認するように、何度も指を広げられ、森尾は震え声を喉奥から零して男の首筋にしがみついた。

「……ぁっ……あっ……」

「もう……いいか？　ここに俺の入れるけど」

「あ……ぅんっ……」

「ダメって言っても入れる……悪い、俺ももう我慢できない」

「あっ、あぁっ……」

尖端は少し力を込めて押し込まれた。指の代わりに訪れたものはあまりに大きくて、息も絶え絶えに森尾はそれを受け止める。先が収まった後は途中までは時間をかけて中へと沈んできたけれど、細い首筋に顔を埋めた滝村が掠れ声で言った。

「……はぁっ、まずい……もっとゆっくりするつもり…っ…だったんだけど、限界」

「え……ぁっ……」

ずるっと急にスピードを上げて押し入って来たものに、びくびくと腰が震えた。性急になった男にほぼ一息に屹立を穿《うが》たれ、泣き声も出ないままぽろぽろと涙が零れる。

「……きついか？　ごめんな、イッたばかりだもんな……もう一回、訳判らなくして入れたほうが楽だったんだろうけど……」

身の奥を開かれるのは、やっぱり変な感触だった。滝村のものは熱くて硬くて、無意識に閉じようと体が蠢《うごめ》く度に阻むものの大きさを知る。

「あっ……」

身じろぐだけでも未知の感覚が湧き上がる感じがして、森尾はされるがままに足を開き、腰の奥を晒して男を受け入れていた。

欲望を突っ走らせたようなことを言いながらも、滝村は心配げに自分を見下ろしている。理性と本能がせめぎ合う眼差し。濡れて艶めいた眸を見上げれば、じっとしているのに体がざわついて熱くなり、普段意識したこともない奥が蠢いた。

「……どうした？　今……すごい中がうねった」

「なっ……なんでもっ……」

「なんでもなくはないだろう？　俺を締めつけて煽ったくせに……」

熱い。恥ずかしくて、ぞくぞくして、なんだかいっぱい……感じてしまう予感がする。

再び唇が重なり合う。捲り上がるほどに押し潰されたかと思うと、するっと舌が入ってくる。

「んっ、んっ……」

腰が震えて弾んだ。僅かな動きにも中に埋まったものをまざまざと感じ、大きく開いた入り口が引き攣れる。

根元まで押し込んだ腰を、滝村はキスしながら揺すってきた。中を捏《こ》ねるように回され、揺らされて声が出る。

「あ……や……」

無意識に裸の両肩に乗せた手は、突っ撥ねようとしているとでも思われたのか、摑まれてベッドへと押しつけられた。

「……今日はやめない。ダメって言ってもするって……さっき言ったろ？」

「だめ、とかっ……」

そんなことは言ってない。嫌がるつもりもない。

森尾の思いは言葉にはならないままで、滝村は両手を磔《はりつけ》にしたまま腰を動かしてきた。

抜き出してはまた穿つ。ゆっくりと三回ほど繰り返されただけで、とろりとしたものが起き上がった尖端からまた溢れ出し、触れる滝村の腹を濡らしていく。

「……ちゃんと感じるみたいだな」

耳元に吹き入る声にさえ、ぞくっとなる。

「……んん…ぁっ……あっ……」

体の奥を突《つ》っつかれている。自分の中を滝村に擦られるのが気持ちいいなんて、信じられない。

こんなこと。こんなのは——

「逃げるなよ、実……中も、もっと可愛がらせろ」

「逃げてっ……なんかっ……あっ……」

揺らされる体は、ベッドの上で上下に動いた。次第に激しくなる動きに、腰は高く浮き上がり、滝村は熱を上げて猛《たけ》ったもので感じる場所を探ってくる。

「ここら辺……だろう？　ああ、おまえのやばいくらいヒクついてきた……俺の腹、すげ……さっきから濡らしてんの判る？」

「……んんっ、や…ぁっ、んっ……」

「後ろ、もうちょっと緩めてみろ……奥もして、やるから」

「無理、できな…っ……できっ……あっ、あんっ……」

命じられれば命じられるほど、どうしていいか判らず締めつけてしまう。

「いや…っ……」

「嫌なのか？　こっちはイイって言ってくれてんのにっ……おまえは、可愛い顔して強情だからなぁ」

　ずくんと腰を入れて強引に内壁を分けられ、森尾は身を捩らせる。本来擦れたりするはずのない場所を、硬く張った屹立で嬲られて、もう訳が判らなくなってくる。

「でも、そういう意地っぱりも好きだけど」

　滝村のその声だけは届いた。

「たきむらさっ……」

「ん……？」

「……すきっ……僕も、好き……」

　重たい頭を浮かせるようにしてキスを求める。両手を抑えつけていた手が解けて、思うまま森尾は男に抱きつきながら口づけをした。

　思いも快楽も、溢れて止まらない。

「……気持ちいいか？　おまえも……気持ちいいこと、好きになれそう？」

　改めて問われる意味は判らなかった。けれど、判らないままでも森尾はあのときのように応える。

「あっ、んっ……う…んっ……」

「俺は？　俺のことも好き？」

確認するような問いにも、何度でも頷いた。

「好き…っ、好き…です…っ」

互いを求める抽挿は激しさを増す。求められて与えられ、何度も繰り返すうちにどちらが与えているのかさえ判らなくなってくる。

深く突き込まれて、互いの欲望が弾けたのはほとんど同時だった。

「あっ……あっ……」

はぁはぁと乱れる息は、しばらくの間どちらのものか判らなかった。

「……あぅ…んっ……なかっ……」

体の奥で放たれて広がっていく熱い感触に、森尾は繋《つな》がれたままの腰を震わせる。

「……ちゃんと判ってくれたか？　俺の本気」

こんな形で問われても恥ずかしくて応えられない。熱に浮かされたような男の表情を見上げる森尾が、照れ臭さになにも返せないでいると、滝村はちゅっと唇に唇を押し当ててどこか嬉しそうに言った。

「……判んないのか。しょうがないな……じゃあ、もっかい頑張って判ってもらわないと」

「え……なっ、なに言ってっ……」

抱き締められて身じろぐ森尾は、甘えるように身を擦り寄せてくる男に囁かれた。

「俺は辛抱強い男だから、おまえが理解してくれるまで何回だって付き合うよ」

今日も朝がやって来る。

滝村はあまり寝心地はいいとは言えない狭いシングルベッドで、カーテンの隙間から漏れ入る朝日を感じて目を覚ました。

「ん……」

手を伸ばさずとも密着する距離にあるはずの温かい物体を、ぎゅっと腕に抱き込もうとして、胸の辺りがすーすーと寒いことに気がつく。一晩中、抱いていた男の体はそこになく、浮いた布団の隙間には冬の冷気が滑り込んできていた。

森尾は薄着のパジャマ姿のまま、ベッドの端に腰をかけて項垂《うなだ》れている。

嫌な予感はした。けれど、滝村はまだ寝ぼけていた。

「………立てない」

床をじっと見つめたままぽつりと漏らされた一言にも首を捻るばかりで、「あ？」と間抜けな一言を漏らす。森尾は、神経を逆撫でられたと言いたげな棘のある口調で続けた。

「起きて洗面所に行こうと思ったら、立てないんです」

「立てないってそんな大げさな……おいおい、俺はそんなにヤりまくってな……」

布団を剝いで起き上がる滝村は、気だるげに髪を掻き上げていた手をはたと止める。

昨晩はめくるめく夜だった。ようやく想い通じ合ってのセックスだ、興奮しないわけがない。その幸せ感は半端でなく、勢いのままに二度三度、いや四度五度……俺もまだまだ若いなぁなんて、個人的には大変評価のできる夜だった。

酔っぱらった勢いで経験があるとはいえ、ほぼ初心者……森尾の狭くてきつかった体も繰り返すうちに蕩けてきて、まるで自分用にでもなってくれたみたいに馴染んで気持ちがよかった。

ねっとり抜き差しして射精して、最後のほうは抜くのももったいない気がしてそのまま貪《むさぼ》った。ついには『もう、やだ』と森尾が本気泣きを始め、可哀想だからやめようと思ったのだけれど、真っ赤な顔してぐずぐず泣きながら『許して』とか言われたらまた堪らなくなってしまい、『後一回だけだから』とかなんとか宥めすかして結局最後まで遂げてしまった。

――まぁ、ようするに一言で状況を言うなら、『充分ヤりまくった』後である。

滝村は頭に伸ばしていた手を下ろし、ベッドにその手をついて身を乗り出すと、そろりと森尾の顔を窺ってみる。

眦の赤い眸がぎろっと動いた。きっとなった眼差しで見据えられ、乗り出した身をそっと無言で引いて戻した。

やばい。これは非常に由々しき事態だ。

「滝村さん、なにが言いたいか判ってますよね？」

「……え？」

「『え』じゃないでしょう！　立てないんですよ？　これじゃまた仕事に行けません、このいだ欠勤してしまったばっかりだっていうのに……」

「こないだって……もう三カ月近くも前だし」

ぽろっと零した素直な反応にも、睨みが飛んでくる。

「あ、いや……逆によかったんじゃないか？　こないだリセットしたばかりだから、どうせ新しい皆勤記録狙おうにもそんなに日にち溜まってないだろ？　もう一度仕切り直すにはちょうどいい。三カ月ばかし記録飛んだところで、まだまだ定年まで三十年以上！　ほら、なにも悩むことないだろ？」

焦ってフォローに回る滝村は、ははっと空々しく笑った。当然のように、笑い声は返ってこない。

ぷいと顔を背けた男は再びカーペットを見つめる作業へと戻り、恨みがましい声で言う。

「……絶対無理だ。あなたと付き合ってたら、三十年どころか一年だって皆勤は無理に決まってる」

「えっと……それはなに、これからも度々こういうことしてしまうから、朝は腰抜けになっちゃうってこと？」

起き抜けから五分と経《た》っていない頭だったものの、滝村は早速ポジティブ思考だ。悲観的な恋人の発言もなんのそので、損ねてしまった機嫌にもほとんどへこたれることなく立ち直りを見せる。

あの朝と状況はまるで変わりない。場所を滝村のマンションから森尾のアパートへと移しただけで、発生した問題から押し問答まで大枠は変わらなかったけれど、一つ大きく違っていることがあった。

二人は恋人同士であるということだ。

酔っぱらっての過ちでも、滝村は強姦魔でもない。怒らせてしまってはいるけれど、森尾は泣いたりもしておらず、昨夜から続いた幸福感のほうが勝ってついつい顔の筋肉も緩んでしまう。

「なにニヤついてんですか、馬鹿言わないでください」

見方を変えれば、怒っている森尾の表情すら照れているだけに見えた。

これも一つの鈍感力とでもいおうか、調子を取り戻した滝村は、ベッドの上をじりじりと恋人の元へとにじり寄る。

「怒るなよ、次はちゃんと加減するから。昨日は嬉し過ぎてさ……そうだ、せっかくだから、これから有休はイチャイチャするために使うか」

「有給休暇はそんなつまらないことのために使うものじゃありません」

「有休をデートに使わなくてなんに使うんだよ。今時その考え、どこの企業戦士だよ。おまえってどうしてそう頭が昭和……いや、真面目なの？」

「滝村さんが不真面目でいいかげん過ぎるだけです。本当にもう……あなたなんか庇わなきゃよかった。今からでも勘違いでしたって、言い直させてもらいたいくらいだ」

ぶつぶつとカーペットに向けて森尾は独り言。なんのことやら判らない話をしているけれど、滝村は上機嫌のまま続けた。

「そうだなぁ、女の子には生理休暇なんてあるんだから男もなにかあるといいのにな。セックス休暇なんてどう？　少子化対策にもなっていい感じ。真面目な森尾くんが提案すれば、上も取り合ってくれそうな気がするんだけどね」

「だっ、誰が申請するんですかそんなもの、恥ずかしい！」

「え、俺べつに平気だけど？」

ご機嫌斜めの恋人の元へと辿り着くと、滝村は背後からそろっと抱き寄せる。生意気で負けず嫌い、強気なところもある恋人だけれど、これで案外小動物のように気弱なところもある。

脅かさないよう、慎重に。すっぽりと抱き込んだ滝村は、耳元に唇を寄せて囁いた。

「編集長、実くんとセックスしたいので休みください……うん、べつに普通に言えちゃう」

途端に森尾はびくんと肩を竦ませたが、逃げようにももう腕の中だ。

「あ、あ、あなたって人は……」

「でも俺、実際セックスしないとお肌も荒れるし、頭回らないから仕事の能率も落ちるんだよね。この辺が欲求不満で燻ぶっちゃってさ」

ぐいと腰を押しつけると、「ひゃっ」としゃっくりみたいな声を上げて森尾は腕の中で飛び跳ねる。あまり高級そうではないベッドが軋んで、滝村も揺れた。首を捻って睨もうとする森尾の目も、微妙に揺れている。

腰の中心は昨日頑張りすぎたので大人しくしているものの、清純派で二十四年きてしまった男には刺激が強かったらしい。

「潔癖症だなぁ。昨日はあんなに『あんあん』言ってくれたのに……」

ゆらゆらと泣きそうに眸は揺らいだ。

「なぁ……実、よくなかった？　俺はすっごいよかった」

囁きは甘い言葉なのに、苛めてでもいるみたいだ。俯いてしまった森尾は唇まで震わせ始めたけれど、頬や耳の先まで真っ赤に色づいているのはきっと否定の印ではない。

「気持ちいいって言ってくれたもんな？　俺のすごいって、すごいイイって……この口でさ」

調子に乗ってうっとりと言い、身を捩らせて薄く小さく膨れた唇に触れようとすると、手で顎の辺りを突っ撥ねられた。

「とっ、とにかく、こんなことになるなら平日は部屋には入れないし、僕も行きませんから」

「くっ、首苦しい……イチャつくのは週末限定？　嫌だね、そんなの」

「僕と付き合うなら、僕のルールに従ってもらいます」

「おまえ、だからなんでそんな偉そうなんだよ。もう『責任』はなくなったんだから、フィフティフィフティでいくんだろ？」

「滝村さんが常識なさ過ぎるからです。僕の提案はごく当たり前のことばっかりですから！　仕事に支障が出るような羽目は外さない。約束は守る。浮気はしない」

『浮気』の言葉に滝村はぴくりと反応した。

「……え」

その一文字を発すると、森尾の顔からさぁっと血の気が失せる。みるみるうちに強張る表情に、慌てて否定した。

「なんてね。冗談だよ、ジョーダン。浮気はナシの方向で」

「あなたが言うと、ちっとも冗談にならないんです。僕はまだ百パーセント信用したわけじゃないんですからね？」

今更そんなことを言われてしまい、自ら撒いた種とはいえ滝村は不貞腐れる。

「なにそれ、一体いつになったら俺たちの恋愛って完全スタートできるの？」

「勘弁してくれよ」とぼやきつつも、朝っぱらから元気よく小競《こぜ》り合いができるのは、気が合っていると言えなくもない。

ぐだぐだと揉める間にも、部屋は昇る日差しに明るくなっていく。カーテンの隙間から入り込む光も強くなり、そろそろ昨日の余韻を引き摺るのは諦めろと言わんばかりだ。

無事に出社できるのかどうかはともかく、カーテンを全開にする前にすべきことを滝村は実行する。

ご機嫌斜めの可愛い恋人に愛しげにキスをした。

崎谷はる
[たおやかな真
ill.蓮川 愛●680円(本体価格64
愁堂れ
[罪な裏切
ill.陸裕千
●580円(本体価格55
砂原糖
[ラブストーリーま
あとどのくらい
ill.陵クミコ●600円(本体価格57
水上ル
[クールな作家は恋に蕩け
ill.街子マドカ●560円(本体価格53
一穂ミチ
[アロー]ill.金ひかる
●580円(本体価格552円)
ひちわゆか 文庫化
[Dの眠り]ill.如月弘鷹
●680円(本体価格648円)
2011
7月
毎月15日発
発売日が遅れる可能性がございます。ご留意くだ
幻冬舎 ルチル文庫
最新情報は【ルチル編集部ブログ】http://www.gentosha-comics.net/rutile/blo
2011年8月19日発売予定 予価各560円(本体予価各533円)
崎谷はるひ[爪先にあまく満ちている] ill.志水ゆき
かわい有美子[饒舌に夜を騙れ] ill.緒田涼歌
坂井朱生[指先に薔薇のくちびる] ill.サマミヤアカザ
染井吉乃[君なしではいられない] ill.香坂あきほ
玄上八絹[プライベートフライデー] ill.鈴倉 温
真崎ひかる[目を閉じて触れて] ill.三池ろむ

ァン待望の
最新刊
賛、
売中!!
シリーズ累計
170万部突破!!
国擬人化ゆるキャラコメディ
［特装版］は特典豪華小冊子付き!!
多数描き下ろしを収録!
BIRZ EXTRA
AXIS POWERS
ヘタリア
4
日丸屋秀和
バーズエクストラ●A5判
●［通常版］1050円（税込）
［特装版］1260円（税込）
既刊①～③巻も
絶賛発売中!!
エフスキー「カラマーゾフの兄弟」より
The Brothers Karamazov
カラマーゾフの兄弟
及川由美 著
2
バーズコミックス スペシャル
●B6判●700円（本体価格667円）
7月23日発売!!
●発売日が遅れる可能性がございます。ご留意ください。
家族の確執を通して心の闇と光を緻密に描く
ゴシック・ロシアン・ストーリー最新刊!!
界最高峰の小説』と絶賛される原作をコミック化!

みなさま、こんにちは。初めましての方がいらっしゃいましたら、初めまして。

今回はそう間を空けずにお会いできました……かと思いきや、前回出していただいた本から早五ヵ月。単に自分が時間の流れに置いてけぼりを食らっていただけでした、砂原です。

この度は『ラブストーリーで会いましょう』の脇キャラ、滝村と森尾のお話を書かせていただきました。またしてもスピンオフ的な本です。相変わらず、元の作品を読んでいなくてもまったくもって支障のないスピンオフ。今回に至っては、『キャラに覚えがない』『ページを捲ってもどこにいたか判らない』レベルで、ルチルさんの文庫版のみの登場キャラになります。本当は五人目が作中にいるけど、四人しかいないように読めるとか、そういうトリッキーな本だったわけではありません。今ちょっとそんなBL面白いかもと思いましたが。二人でやってるように見えるけど、実は3P……怖いです。

ちょっとした役どころ……略して『チョイ役』だった二人が、まさかのソロデビュー（二人だけど）！　ほんの僅かな登場ながらも楽しんで作っていたキャラだったので、こうして一冊にしていただけて嬉しいです。お断りしておかなくてはならないのは、同人誌で発行した本の内容も一部改稿を加えて収録させていただいていることです。問題の一夜になります。このエピソードを飛ばしてしまっては話が成り立たず、すみません。

滝村も森尾も今まで書いたことのないタイプのキャラでした。特に滝村は、普通なら書かないだろうな……という性格で、脇キャラ出身ならではの自由人。書いていて楽しかったですが、森尾には「この男でいいのか？」と言いたい気がしないでも。

イラストは『ラブストーリーで会いましょう』に引き続き、陵クミコ先生に描いていただきました。大雑把な私の文章からいろいろ組み取ってくださり、このような胸ときめくイラストの数々に！　ありがとうございます。森尾はメガネが作画のお邪魔なのではと思っていたのですが、かけているときの頑なな感じも、外しているときの美少年ぶりも堪りません。本で拝見させていただくのが楽しみです。

今回もまた様々な方にお世話になりました。担当さん、いつまで経っても頼りないどころか、年々頼りなさが増している感じですみません。私の頭はどうやら、子供に帰っていく映画状態です。そのうち赤子に……ならないように頑張ります。

読んでくださった皆様、ありがとうございます。晴れて付き合ってもしょうもない痴話ゲンカをしそうな二人で、一冊かけてぐだぐだと痴話揉めをしていた感じも否めませんが、少しでも楽しんでいただけたところがあれば幸いです。

作中は潔いまでに冬！　でも現実は暑い季節です。皆様、よい夏をお過ごしになりますように。

また近いうちにお会いできればと思います！

２０１１年６月　　　　　　　　　　砂原糖子。

✦初出　ラブストーリーまであとどのくらい？……書き下ろし（一部同人誌〈2009年8月〉収録作品を大幅加筆修正）

砂原糖子先生、陵クミコ先生へのお便り、本作品に関するご意見、ご感想などは
〒151-0051 東京都渋谷区千駄ヶ谷4-9-7
幻冬舎コミックス　ルチル文庫「ラブストーリーまであとどのくらい?」係まで。

幻冬舎ルチル文庫

ラブストーリーまであとどのくらい？

2011年7月20日　第1刷発行

✦著者	砂原糖子　すなはら とうこ
✦発行人	伊藤嘉彦
✦発行元	株式会社 幻冬舎コミックス 〒151-0051 東京都渋谷区千駄ヶ谷4-9-7 電話 03(5411)6432[編集]
✦発売元	株式会社 幻冬舎 〒151-0051 東京都渋谷区千駄ヶ谷4-9-7 電話 03(5411)6222[営業] 振替 00120-8-767643
✦印刷・製本所	中央精版印刷株式会社

✦検印廃止

ISBN978-4-344-82281-8　C0193　Printed in Japan